全球經典大騙局・天才老千一線之差

世紀騙局

It Turns Out To Be A FRAUD

世界各地
讓人匪夷所思的騙財技倆，
令人陷入瘋狂的世紀騙案。
甘願被騙的人，有錯嗎？
間接欺詐的人，有罪嗎！

「做生意第一要大膽，第二要大膽，第三還是要大膽」

「小賭可以怡情大賭可以變李嘉誠」

「賺錢是一種能力，如何錢搵錢是一種智力」

「人生苦短，搵錢要快」

火柴頭工作室
Match Media Ltd.

池中無魚 著

目錄 Contents

CHAPTER 3

科技騙案 ——
比你想像中更滑稽的騙局

目錄 Contents

CHAPTER 4

旅遊騙案——
就在你身邊發生的騙案

CHAPTER 5

泡沫經濟 ——
自然而生的潛在危機

作者自序

究竟這是一本專講偷呃拐騙還是教人避開偷呃拐騙的書？
那就要看看閣下的位置，因為騙或者被騙，往往都是一
線之差。正所謂騙徒呃人手法層出不窮，有時你以為佔了上風？
可能原來是處於下靶狀態。這個世代，搵食艱難，不少人都為
求「搵快錢」，不惜以小搏大，仲以為自己好醒，原來已經墮入
騙徒陷阱，只能說「邊有咁大隻蛤乸隨街跳」。

　　書中所列出的騙案，可以說是大有大騙，細有細呃，部份
也是從古至今的老掉牙呃人技倆，甚至以往在電視《警訊》也
曾看過，根本絕不感到陌生，正如猜猜我是誰、點數卡，又或
者電話、電郵騙案，以上騙徒算是較低莊，心水清的人都不會
輕易上當，不過，依然仍會有人落搭。

　　至於大騙的，也有分高招和低手，例如書中提及的騙子
魏法蘭 Frank William Abagnale Jr.、華爾街狼人 Jordan

Belfort、生物科技騙案的女主角 Elizabeth Holmes 等等，成為城中經典人物，甚至乎經典到改編成電影版搬上大銀幕，足以証明他們的故事存在很大的娛樂性。至於低手者，那些超廉價旅行團，然後引你入局買買買，往往事情搞大，變成一哭二鬧三上吊的胡鬧劇呢！

世上，只要有人，就會存在貪婪，騙案輪迴發生，我們周邊，不時聽過、見過甚至親身經歷過。這本書，解構大大小小世紀騙案，重點不是教你如何催吉避凶，而是分享他們的趣味性，Catch me if you can...... 中伏又如何，只因人類總喜歡犯相同的錯。

池中無魚

CHAPTER 1

CASE 1.1

3大騙子的下場

騙子聽起來絕對不是甚麼值得炫耀、
感到光榮的職業，在很多層面及意義上，
甚至是一班讓人痛心疾首、人人得而
誅之的人。然而，事實卻告訴我們，
不是所有騙子最後都不得善終，
有些能夠改邪歸正，沒有因為曾經
行騙而落得慘淡下場，有些甚至成為了
對世界舉足輕重的人。

為何都是騙子卻各有不同結局？
讓我們來看看實際例子分析，而下面
所說的例子，各位在本書的後面各篇都
會接觸得到。

公眾利益是最大依歸

　　騙子的下場如何，其中一個大因素是他們行騙的手法是否有涉及公眾利益。由於公眾的知識水平最參差，對於騙案的了解程度最低，即是對於騙子來說最容易入手的一群人。同時，一般大眾收入水平較有錢人低，為了想盡快賺得一筆快錢，甚至不惜犧牲自己的全部積蓄去投資在騙局上，所以騙局所影響的是他們的直接利益。

例如世界知名的龐氏騙局中的龐氏、南海經濟泡沫中,南海公司創辦人約翰·勞、香港的咖啡機兄弟、Fyre Festival 的發起人 Billy 等,都因為直接向大眾騙取金錢,使騙局被拆穿時候引起極大迴響,輕則被入稟追討賠償,重則甚至被追殺自流落海外,客死異鄉。

反過來說,一些不涉及大量公眾利益的騙子,例如《捉智雙雄》的主角魏法蘭 Frank William Abagnale Jr. 就得到了相當不錯的下場。魏法蘭以改造支票開始他的行騙事業,曾經扮過飛機師、律師和醫生等職業,而僥倖地,在偽裝的過程中都沒有引致到人命損失或者公眾大量失去財產。由於他的目標只是公司,想要得到的也不純粹是金錢,而是名氣和「過癮」的體驗,在沒有嚴重影響公眾的前提下,他的下場也不是很凄慘,在出獄之後更獲得 FBI 聘用。

個人才智主宰命運

另一個能夠徹底改變騙子下場的,是他們本身的個人才華。以龐氏騙局為核心而進行的行騙,大多數肇事騙子們都沒有好下場,因為他們的手法被重用又重用,只是一套低裝而嘔心的謊話,技術含量低,並依靠大話疊大話一次又一次的引人上當。而他們本身亦

沒有為社會帶來任何利益，只是做出損人利己的行為，大眾自然覺得他們沒有價值，不會同情他們，更想盡力將其制裁。

如果是個人才華出眾而又能符合大眾利益的，結局就會差得遠。例如上面有提及過的魏法蘭，他因為偽造支票的技術高，而被 FBI 看中，反而利用他的專長協助識別偽鈔和假支票，與現代的一些電腦高手一樣，在抓到大公司電腦系統存在的 bug 並駭進系統之後反被這些公司聘用作系統安全顧問。另外，有「華爾街狼人」稱號的 Jordan Belfort 雖然牽涉在多宗詐騙案中，但他本身的銷售能力和溝通能力也令他在出獄之後能夠成為演說家。當然，不得不提他較為取巧的手段：在服刑期間的室友，喜劇演員 Tommy Chong 鼓勵之下，將自己的傳奇故事寫成自傳，讓更多人認識並感興趣。這種寫作上的才華，也是主宰著他命運的其中一個因素吧。

說到底，騙子們的下場都不能夠單看一兩個因素就說定。除了個人因素之外，也要看天時地利以及社會整體的環境。例如南海事件中的約翰·勞，擁有被人視為天才一般的才智，甚至一度被法國民眾標榜為救國英雄，最後卻因法國經濟改革失敗，使他成為亡國奴，要遠走他國客死異鄉，死後他難得到平反。近代的代表則

是有「第二位 Steve Jobs」之稱，Theranos 的創辦人 Elizabeth
Holmes。有不少評論認為，Elizabeth 當初真的有著改變血液測
試環境的決心和能力，只是當發現技術上有困難時，一切已經太
遲，所以只好「霸王硬上弓」，以詐騙的方法強行推出公司產品希
望保住公司和個人名聲。這些人都不乏個人才華和能力，也抱著一
個希望帶領社會向前走，改善現況的心而走出來發聲。然而，時也
命也，即使能力再高、願望再宏大，也不敵社會環境的氣氛，和命
運為自己決定了的結局。

CASE 1.2

騙局解讀：
人生流流長，總會
遇上一兩個騙局！

⚠ ! WARNING

甚麼是騙局？騙局的定義很難用文字說明，
但一說出經典的騙案例子，又會不自覺地點
頭示意，彷彿一秒便清楚甚麼為之騙局。
所以，與其說甚麼是騙局，不如趁本書首篇
文章，跟大家剖析一下騙局通常有甚麼特
質，讓各位提高警覺免做下一條「水魚」。

所謂的假邏輯，即是整個騙案根本不可能
依正常程序發生。例如，經典的龐氏騙局會
對投資者聲稱回報可以在短時間內發生，
像是投資後的一個月、甚至兩星期，
就能夠做到一定效果而效果是穩定的，
不會有風險。或者一些騙案會聲稱藥品使
用後會獲得消除癌症等功效，而且是零副
作用，甚至越食越健康。

騙局的「神邏輯」

然而，想深一層就會明白，這些根本上是在現實中不可能發
生。投資一般都要給予時間發酵，而且回報也不可能是一朝一夕發
生，即使是有爆炸性的股票，隨著來的也是更高的風險，哪有可能
時間短而風險低？同樣，解決癌症的藥物之餘更要不帶副作用，有
可能嗎？如果這些都是現實上有可能發生的話，你也肯定不會是第
一個知道。所以，騙局永遠都會存在邏輯及現實上的不可能。

　　騙局通常之所以能夠引人入局，主要在於所聲稱能夠帶來的利益是不切實際的龐大。同樣以龐氏騙局作例子，龐氏對外聲稱能夠為投資者帶來 50% 的回報：一般投資怎可能帶來如此高的回報率？如果真有此事的話，為何世上還有人會做其他投資？只向龐氏投資不就是最快最有效嗎？

　　除了金錢，經典的旅遊騙局 Fyre Festival 也是為參加者帶來了無限奢華的幻想。試想象，能在無人小島上享受五星級的別墅住宿，有美酒佳餚任意享用，集中了全世界最有名氣的歌手到場表演，還有瘋狂派對，美女相伴，一次過滿足了大量願望，以利益掛帥矇蔽了受害人眼睛，才能夠將人引入局中。

最終目的還是要錢

　　騙局的表面手法有很多種，例如是騙取受害人的個人資料、身份證號碼、住址；或者是讓受害人做一些事，例如協助幫忙買點數卡、提取貨件等，但其實最後，這些資訊都只是引領受害人交出金錢的工具。

表面上，給予騙徒的個人資料或者協助騙徒完成任務好像無傷大雅，但原來個人資訊最終可以讓騙徒從更複雜的途徑取得金錢利益。例如是個人資料可以用以借錢、協助買點數卡則是另類方法套現金等。所以不要以為對方沒有直接問你拿錢就不是騙案，要騙的話，轉折方法同樣有很多。

密食當三番

有些人會以為，騙局的目標對象通常是較為會花錢或富有的人，因為騙局通常是騙大金額的錢財，那就大錯特錯。對於騙徒來說，每一次行騙等於去抓一個機會，以「大數定律」的角度看，只要嘗試接觸的人越多，命中的機會則越高。所以，騙案的單次涉及金額根本對騙徒來說沒有關係。

反之，如果騙徒集中在小額騙案下手，由於金額較易負擔，所謂「跌咗都唔肉赤」，變相令受害人更易會接受，得手機會更高。而騙徒夠勤力的話，「密食當三番」，小額行騙以量取勝，隨時比大額的賺得還要多。因此，不要以為騙徒只會吃大魚不騙小財，因為騙案的發生本來就和金額無關。

　　說到底，為何要了解騙局的定義？因為騙局的變化實在太多端，而之所以能夠到今時今日還有無數人受騙局所害，亦是因為人們對騙局性質的不了解所致。古往今來無論是何種騙局，都一定會有著相類似的性質。假如能夠了解騙局的特性，就能加以防範，每當遇上疑似騙局時再細心思考，就不難讓自己抽身出來避過金錢損失。

CASE 1.3

有人就有騙局，手法層出不窮。

騙局之所以能夠長做長有，最大的原因在於騙局的成效非常顯著。騙局的成功除了要有騙徒的行騙手法越見更新之外，也關乎受害人的貪念，甚至社會因素而造成。本篇就為大家解釋騙局能夠一直生存至今的原因。

能夠做到「長騙長有」，第一大原因當然是因為騙徒的手法層出不窮，

這句說話大家應該聽過不少次吧。

在數十年甚至過百年之間,騙局的模式和手法一直不停在轉變,例如由經典的龐氏騙局,向投資者保證有一定回報額,到鬱金香狂熱在社會上吹捧不具價值的鬱金香產品,以致現代出現了集資騙財事件、虛擬貨幣等高科技騙案等,騙案隨著時代轉變而更新,騙徒也多了很多新手段進行詐騙。

道高一尺,魔高一丈

　　看穿了,所有騙局還是圍繞著能賺大錢或能夠有高回報、高享受等的名義來執行,而最終也是指向受害人的金錢,可謂萬變不離其宗。而有所不同的,其實只是用來包裝這些騙局的方法,這方面

就是騙徒有沒有「與時並進」的問題了。道高一尺，魔高一丈，當一個騙局被識破瓦解之後，下一輪新的騙局又再出現，形成騙局生生不息的循環。

　　一隻手掌拍不響，有騙局的出現，也要有人受害，才能令騙局得以繼續運行。受害人不斷「中伏」，為騙徒付出金錢，為騙局帶

來了養分,讓騙局能夠一個接一個的出現,也能夠一個接一個成功。

一切源於貪念

　　而中招的最大原因之一,也是出自於受害人自己的貪念。一般的騙局都是以龐大利益回報作為核心,而受害人往往就是誤信了這些回報是真的,也許是利獲利心切,貪圖快錢,就寧可放手一搏,讓騙徒有機可乘。而站在騙徒的角度來説,既然騙局真的有效,當然就是「食過翻尋味」,不斷想出新方法行騙啦!

　　所以,要説到騙局能夠一直成長,貪心的受害人們本身就是助力,這也是無法忽視的原因。

科技發達造就騙案

　　騙局一直發展的其中一個原因也跟整體社會發展有關。如果大家有細心留意的話,騙局通常不會是個別一件事情出現,反而是在其他事情的基礎上發生。

　　舉個例,本書後面將談及到的咖啡機兄弟集資騙局事件,是從Kickstarter 誕生的。Kickstarter 是近年的網絡新產物,主要靠投

資者向研發者投資金錢，然後讓研發人員能夠將有趣的產品帶到世上。Kickstarter 本來就是一個有風險的平台，凡事「講個信字」，沒有過份苛刻的要求及條件限制，研發者甚至也不必對投資者負很多責任，由此為騙徒造就了很多理由和機會行騙。

Kickstarter 的例子正好反映出社會進步和新科技的研究會為整體社會環境帶來更多未知的因素。由於產品、服務或市場環境均屬全新，在沒有太多經驗的情況下，新事物的漏洞演變成騙徒行騙的最佳入口，並嘗試以嶄新方式欺騙大眾。

CASE 1.4

有食唔食，
罪大惡極？

如果你想避開騙案的話，

又應該如何做？

首先，第一件事是要明白「貪字得個貧」及

「世上沒有免費午餐」兩個大道理。

留意時事，與時並進

　　絕大部分的騙案能夠成功，都是因為受害人貪心所致。需知道想發財是人之常情，但當有人向自己埋手推銷一些方案或產品時，也應該要理性考慮其合理性，例如龐氏騙局所承諾的穩定 50% 回報率，是幾乎沒有任何其他投資機購能做到的，他們卻聲稱做到，這樣可信嗎？回報率是天價地高又合理嗎？

　　另一樣各位能夠做的，就是與時並進，留意社會發展之餘，同時思考社會發展中的細節。再以 Kickstarter 為例子，有些人根本完全不知道有這種眾籌網站的存在，自然不會認識相關騙案，在再有類似事件發生的時候也不會懂得防備。所以，緊貼潮流和社會發展，至少能夠提升自己對騙局的敏感程度。

　　另外，即使知道有 Kickstarter 的存在，也不代表一般人能逃過騙案。要保障自己，更應該在 Kickstarter 選擇投資於某產品前，就先想清楚這平台的風險及自己的承受能力，以及整個服務平台的流程是否可行合理。如果有一點點懷疑的話，就先不要妄自行事，應先向身邊朋友查詢或討論。

　　要讓騙局在世上完全消失是極之困難的。因為騙途為了賺外快，總會不斷思考出全新的行騙模式讓其他人入局。我們能夠做的，就只是留意身邊所發生的事，避免自己成為下一個受害者。

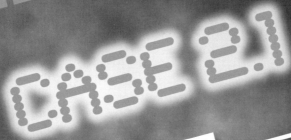

CHAPTER 2

CASE 2.1

龐氏騙局——
經典中的經典

「龐氏騙局」（Ponzischeme）

可說是騙局界中的大哥大，經典

中的經典，所以在本書亦以

打頭陣的方式介紹。龐氏騙局的

偉大之處在於這名字成為了某種

形式騙局的代名詞，亦即是說

在歷史上確實有出現過超過一次

與龐氏騙局相類似的騙案，

甚至是直到此時此刻還在發生。

龐氏騙局真有其事？

　　一般而言，提起「龐氏騙局」，很多人會直接以為是指 2008 年揭發，舉世聞名的「馬多夫騙案」。不，馬多夫騙案是另一樁經典的「龐氏騙局」，本書稍後亦會提及。真正的龐氏騙局，發生於 1919 年，一名意大利人查爾斯‧龐氏（Charles Ponzi）成立了一間空殼公司，對外聲稱自己能從西班牙買入來自德國、法國的國際郵券，並以高價賣給美國郵政局，在第一次世界大戰後的混亂戰局中，利用各國貨幣的差價賺取利潤。

　　當時，龐氏甚至對外宣布能夠透過這種方法，在 45 日之內能為客人帶來 50% 的利潤，即是花費一元，45 天後就能取回 1.5 元。帳面上非常吸引，但事實呢？講明是「騙局」，當然不可能發生。

　　騙局的運作模式是：龐氏首先會說服首輪投資者加入計劃，方法是將整個投資計劃極度複雜化，並承諾他們在 45 天之內一定有回報。他只需要為初期投資者如期地提供紅利，然後就讓他們自己向其他人口耳相傳，證實 45 天極大回報的事情，其後就能

引來及後的其他投資者繼續「課金」。有新投資者加入計劃之後，龐氏就將他們的錢以紅利方式發放給前一批投資者，並一直重複此做法，以「錢疊錢」的模式吸引更多投資者加入，一步步鞏固整個騙局的完整程度。

　　由於一開始的初期投資者全部都能如期收到來自龐氏的紅利回報，受害人們根本就不知道、亦不認為自己已墮入了騙局。即使當年曾經有社會知名金融人士出現嘗試拆穿龐氏的騙術，亦無人相信，甚至有其投資者為其辯護。整個騙局維持了長達一年，直到 1920 年才被當時的投資者揭發並向當局提告，才正式結束。

龐氏騙局是歷史，也是現在

　　被逮捕的龐氏最終當然免不了獄中刑責，死時更是身無分文，是典型正義必勝的例子。然而，龐氏騙局的重要意義，在於成為了不少後世大型騙局的典範。時至今日，利用龐氏式的手法行騙的還大有人在，受害者亦不計其數。為何明明是明顯不過的騙局仍然有無數人中招？在於幾大原因：

1. 金字塔式推銷

由始至終，龐氏騙局的行騙者真正需要付上的，只不過是第一批投資者應得的紅利。當本來是難以置信的高回報投資得到成果之後，就會有越來越多人投入相信這種投資非騙局，繼而給龐氏更多的錢去賺取回報，這些人就能被稱之為「下線」。當他們付了錢之後，龐氏就能利用這些金額作為紅利，付款給較早投資的「上線」，利用投資者不同的投資時間作緩衝，從而讓整個計劃得以順利進行。

2. 龐大回報率

無論是史上首次的龐氏騙局，抑或之後發生的同類型龐氏騙局，都有一個共通點──就是短時間內有極大回報率。雖然在一般有理性的人眼中，這種回報率是高得難以置信，但卻總有一些貪圖急利的人願意以小額放手一搏，成為了最初的魚餌。證實了騙局中的利潤是可信之後，就會有更多貪心的人一直中招，以為投資真的是可靠地會得到高額回報，從而繼續相信。

3. 上線協助鞏固騙局

　　騙局的最厲害之處，其中一點在於連被騙者都不自覺地參與在騙局其中。由於在龐氏騙局中，只有最下線的「投資者」要等待回報，其他上線的人都已經能夠取得紅利，對於他們來説，這種投資

根本不是騙局，而是確實在發生的情況。所以，即使有第三者出現並提出該投資是騙局，在局中正在獲得利潤的人都只會因應自己實際的賺錢情況而為龐氏辯護，以真實案例反駁他們的指控，使騙局得以一直延續並變得更鞏固。

類似的龐氏騙局層出不窮

　　所以，以上種種原因，顯示出其實龐氏騙局並非完全一面倒地虛假。在某種意義上，「上線」投資者的確是能夠取得紅利，哪管當初的郵票屬真屬假，只要有錢賺，投資者甚至已不在乎當初投資的產品是甚麼。在往後的日子裡，出現過更多林林種種的龐氏騙局，都離不開上述種種技倆。時至今天，龐氏騙局已發展出一些更有系統的傳銷技術，甚至是超越法律可以起訴的範圍。

　　例如，一些不良的傳銷手法會要求上線尋找下線投資，購買保健產品、課程等，然後要求他們繼續尋找下線以取得從上線賺來的佣金。這種做法在法律上未必一定有問題，因為組職所售賣的產品確有其事，而且並沒有涉及欺詐成份。但是，從另一角度看，只不過還是利用洗腦、灌輸不正確價值觀以及龐大利潤作招來的另類龐氏騙局而已。

CASE 2.2

華爾街狼人——
Jordan Belfort
東山再起的故事

赫赫有名的「華爾街狼人」,除了是獲得
奧斯卡多項大獎提名的電影之外,更是真有其
人,華爾街的經典騙子。「華爾街狼人」真人佐
敦·貝福(Jordan Belfort)在入獄之後寫成
了的這本傳記,被李安納度迪卡比奧演活了,
將華爾街經典騙子故事以搞笑、荒誕的方式再
一次活現在觀眾眼前。沒錯,華爾街的故事,

實際上十個有九個也很荒誕離奇，難以相信的是，本以為集合世上頭腦最精明的一拙人的華爾街，原來也敵不過貪婪。而李安納度也不是第一次飾演騙子，本書後面也會介紹《捉智雙雄》（Catch Me If You Can）的故事。不知是李安納度太似騙子，還是他和騙子們一樣，都有種攝人的魅力，才能讓所有人神魂顛倒？

佐敦本身生於會計師世家，本來就對財富管理及經營有相當興趣。而貪婪的性格、聰明的頭腦和傑出的口才也早就注定他是「吃這行飯」，必然會成為金融界的明星。1978 年，佐敦高中畢業之後的某天，在紐約某個海灘閒逛時，聽到一些泳客在抱怨小賣部的距離太遠。在翌日，他就和朋友一起找來一台老爺車，在海灘上賣雪糕，整整賺了 $20,000 美元。而這些工具成本加起來都只需要 $22 美元，足足賺了近千倍。

本來曾經打算入讀牙醫學校的佐敦，在第一天就被校長一句說話「打動」，而立即退學：「牙醫的黃金時代已經過去了，如果你是為了賺大錢才來的，那你可能來錯了地方。」然後，佐敦就決定走入華爾街——一個能運用到他的口才與智慧，並且滿足到他對金錢慾望的地方。

加入華爾街某家投資銀行之後，還未有股票經紀牌照的佐敦是一名低層職員，每天只需要聽 500 個電話，做接線生的工作。嘈雜的電話鈴聲和經紀們推銷的說話聲音此起彼落，不單沒有令佐敦煩燥不安，反而令他更陶醉，誓要將自己浸淫在這金錢世界之中。

Pump & Dump 詐騙手法

憑藉過人的努力、孜孜不倦的學習以及遇上各位老前輩的指點，令他明白到「賺錢就是把金錢由客人的口袋放進自己的口袋」的唯一大原則，以及股票經紀的指定「菜式」——毒品、酒精和性。聰明的他也在很短時間之內就考獲了股票經紀牌，更於 1989 年成立了自己的證券公司 Stratton Oakmont。公司成立時最初只有八

CHAPTER 2

41

人，以「合法炒作」的方式推銷股票——公司購入即將上市或剛上市的細價股，由自己公司的經紀人抬高股價，自己再轉手將股票賣出。這種股票詐騙手法名為「Pump & Dump」，即是先大力吹捧根本沒有實力甚至實業的「仙股」，令其股價狂升，再於高位大量放售，以謀取暴利。由於這些股票價值偏低，投資者多數是社會低下階層，同時，他們欠缺充份的投資知識，使他們成為最易中招的一群。

Stratton Oakmont 的成功，不單只令佐敦有能力其母公司 Stratton Securities，更加令公司迅速成長，聘請了過千個股票經紀為其效勞。伴隨著公司極速成長的，正是當年華爾街的前輩所教導的——毒品、女色和酒精。金錢獲益令佐敦開始腐化，不斷縱慾、瘋狂吸毒，炒仙股、內幕交易、詐騙和洗黑錢等行為當然是沒有停止。Stratton Oakmont 的掘起，同時也引起了 FBI 以及各個政府機構和金融機構的注意。最終，佐敦於 1999 年因詐騙、洗黑錢等罪名被起訴，長達十年，Stratton Oakmont 和佐敦的「華爾街狼人」傳說正式落幕。

經歷寫成自傳

佐敦本來被判處監禁四年，由於他供出同謀的同事、伙伴們，最終他只服了 22 個月刑就獲釋。在獄中的室友，著名喜劇演員 Tommy Chong 的鼓勵之下，佐敦將自己過去的故事寫成自傳，成就了「華爾街狼人」的經典故事。出獄之後，佐敦獲邀以嘉賓講者身份出席各種場合，分享自己傳奇般的故事，以及教授各種推銷、說話技巧。另外，自傳和電影的成功，也為他本人帶來相當多的名

和利，連他自己也曾聲言：他出獄後的財富比坐牢以前還要多。似乎這位騙子即使是壞事做盡，最後也得到頗為正面的結局。

儘管佐敦是個不折不扣的大壞蛋，他的所作所為絕對不值得歌頌，他的故事、背後的道理和他的做人價值觀，卻值得我們反思。

到底資本主義社會的背後，是否一層層虛假的泡沫和富人的金錢遊戲？貪念是否推動人成功的一大力量？撇除佐敦曾經做過的壞事，他的價值觀仍然值得我們細味：「貪婪不是好事。野心、熱誠則能令人富有。我希望自己的付出比收穫大，這樣做才是能持續成功的秘方。」

CASE 2.3

Billionaire Boys Club——龐氏騙局的一大傑出演繹

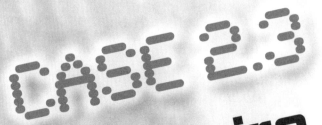

DO NOT ENTER

龐氏騙局雖然來來去去都是以層壓式的手法為開始，一步步由上而下去搾取投資者金錢，看起來似乎大同小異，但每一宗龐氏騙局的背後，都有著不一樣的故事。發生於1983年，美國著名騙案「Billionaire Boys Club」億萬男生俱樂部，就是另一經典見證。

「Billionaire Boys Club」 的 發 起 人 為 Joe Hunt 和 Dean Karny，原名叫做「Bombay Bicycle Club」，是芝加哥一所連鎖餐廳，因故事 Joe Hunt 年輕時常到訪而取其名。而被改稱為 Billionaire Boys Club，原因是這俱樂部的成員們都是來自非常富有家庭的子弟們。而故事的緣起，亦正與他們的背景有關。

由 Joe Hunt 和 Dean Karny 於 1983 年在男加洲所創立的「BBC」，以「快速賺錢法」作招來，吸引了一班在哈佛男子學校讀書的同窗們的眼球。他們都礙於自己的經驗不足和時常被家庭背景牽制，想賺大錢卻不知其法。他們得知 BBC 的快速賺錢計劃之後自然覺得有利可圖，亦可以與一班同背景、遇上相同困難的朋友們分享成功的喜悅，很快就成為了 BBC 的初期會員。

利疊利行騙方式

當然，這只不過是龐氏騙局的開始。這群沒有投資或賺錢經驗的小子們，不明白賺錢之難，而由於太過急功近利，加上 Joe 出色的游說技巧，很快就願意投下第一筆資金，希望由 BBC 替他們賺錢。而 Joe 所承諾的，當然是所有龐氏騙局都有的瘋狂高利潤——

短時間內就能獲得 50% 回報。在起初，Joe 能夠如期地為投資者提供 50% 回報，靠的當然是騙子的常用手法——借錢。以利疊利的方式，首先向初期投資者兌現承諾，好讓他們繼續「課金」，讓 BBC 的財產不斷增加。而這種所謂的「投資」，Joe 當然絕不向任何人透露，就連 BBC 初始成員都不知道這投資方法的秘密，只會坐著付錢然後收回 1.5 倍利潤。

　　由一班黃毛小子組成的騙徒集團，定力不足難免會遇上典型的龐氏問題——收入大增，騙子們奢華揮霍，身邊朋友對其趨之若鶩，利慾熏心後逐步遇上資金週轉的問題，而 BBC 也不例外。在資金不足的關鍵時刻，Joe 和 Dean 遇上了一個對整個騙局起著決定性作用的人——Ron Levin。

　　以富商身份現身的 Ron Levin，帶著大額資金投入公司，並且利用經驗老手的形象成為了二人的人生導師。然而，近朱者赤，原來 Ron 都是一名老練騙子，接近 BBC 的原因都只是為了反騙這班小子的錢。Ron 成立了一間空殼金融公司，合共在 BBC 中騙取了近 400 萬美元。而一眾俱樂部成員突然由小富豪變成欠債纍纍，在性急之下竟決定向 Ron 狠下毒手。

騙案變成謀殺案

　　在把 Ron 殺掉之後，BBC 成員仍然要解決財務問題。這次，他們決定向其中一位投資者的父親 Hedayat Eslaminia 下手。因為這位投資者同樣是身家富裕，父親 Hedayat 據稱有 3,500 萬美元資產，使眾俱樂部成員策劃強逼這位富豪將資產轉移到兒子身上，好讓 BBC 渡過今次險境。誰知道，Hedayat 對資產轉移的

事毫不動心,而被眾人綁架,威逼 Hedayat 妥協。在綁架期間,Hedayat 因不明原因死去(而他死後才被發現所謂的 3,500 萬美元資金已被凍結),令 BBC 騙局的受害者增至兩人,而整件事由騙案演變成謀殺案。

BBC 騙局在短短兩年之間全盤敗露,Joe 亦被起訴殺人罪,而好兄弟 Dean 將自己轉為污點證人,指證 Joe 殺人之後自己脫罪,令 Joe 落入面臨死刑的困局。此時,由於 Joe 殺害 Ron 已被定罪並被判終生監禁,對於 Hedayat 之死,Joe 決定自辯,並成功推翻判決,免去死刑之責。

最終,BBC 的主腦 Joe 和 Dean 的結局炯異:Joe 因殺害 Ron 而被判終生監禁,而 Ron 則因變成了污點證人而獲得免罪,埋名換姓,獲得新身份並重獲自由。從整個故事看來,BBC 的龐氏騙局與其他騙局相比,可說是高潮迭起得多。不單只牽涉了人命,更加演活了年青人之間的暴戾和反目成仇,走得比一般的騙案更極端。利益容易令人腐化,在利字當頭的社會底下,一旦定力不足,生了歪念,就一去不反,Billionaire Boys Club 就是最佳的證明。

CASE 2.4

馬多夫騙案——
在獄中更風光的
前納斯達克主席

「龐氏騙局」開創了史上最大的騙局先

河，更成為了同類型騙案的統稱。然而，

將這種騙案「發揚光大」的則另有其人，

此人名為伯納德・馬多夫，前納斯達克主

席，創造了非常著名的「馬多夫騙案」。

⚠ **WARNING**

　　1938 年出生的馬多夫，憑藉自己的才智與能力，成就了自己

邪惡與傳奇的一生。馬多夫自二十多歲從法國學院畢業後，利用

之前做暑期工當救生員和安裝花園噴水裝置而儲下來的 $5,000 美

元，開創了自己的公司──馬多夫投資證券公司。在自己的拼勁和

聰明才智協助之下，主要經營證券經紀業務的馬多夫在短時間內不

斷向上爬，成為華爾街中舉足輕重的人物。早於 80 年代初，馬多

夫的公司已經成為美國最大的獨立證券交易所，更於 1983 年在倫敦開設辦事處，成為第一批在倫敦證券交易所進行交易的美國公司。其中一樣馬多夫的經典事跡，是於 80 年代初已經開始積極推動場外的電子交易，並鼓勵將股票交易由電話改為電腦處理。1991年，馬多夫正式成為納斯達克主席，其後在納斯達克上市的大公司，包括 Google、Apple 等，都是在馬多夫在位時所發生。

在成為納斯達克主席之後，馬多夫利用其身份建立了不少人脈，當中包括不少名門望族。如果了解龐氏騙局的運作模式，你就會知道要令騙局順利進行，必須要有首批投資者的信任。而要得到投資者信任，就必須將整個投資回報過程簡化，且確保回報率高。馬多夫在成為納斯達克主席任內成立了馬多夫對沖避險基金，並且向投資者保證每年回報率達 10%，客戶贖回資金的方式也非常快捷，只需幾日即可辦妥。

大集團也墮投資騙局

雖然聽起來 10% 的回報率是高得令人懷疑，因為如果以複式計算，10% 投資回報率能夠助投資者在短短八年之間就將本金翻一倍。一般基金都會向投資者交待過往表現的習慣，而馬多夫則對自己的

投資策略絕口不提（實際上是沒有策略，只有詐騙），更自信地吹噓「無論市場上漲或下跌都能賺錢」。然而，由於馬多夫確實能夠在每年回報 10% 給投資者，想賺錢的人們當然就漸漸沒再過問。

當首輪投資者能夠如期地得到自己的回報之後，馬多夫就邀請他們成為「介紹人」，當能夠邀請新的投資者加入的話，他們自己仍然能夠收取回佣，一舉兩得。在這情況下，不斷有更多的人加入投資騙局，當中更不乏不少具相當投資經驗的大型機構，例如匯豐銀行、日本野村控股、瑞士銀行、富通集團等。

而實際上，馬多夫只是將後來的投資者所投入的金錢，回報給較早投資的人作為紅利，以「錢疊錢」的方法，不斷推動受害人投資，不斷邀請新的投資者加入，令騙局像金字塔式生長，新的投資者在塔底一直向上推，令騙局越堆越高，最終只會因為下線不足夠撐住金字塔而整個倒下。

虛幻的無底深潭

騙局一直維持到 2008 年金融海嘯，當時馬多夫基金所管理的資金已經高達 171 億美元。但剛巧遇上環球金融不景氣，即使馬多

夫基金在當年的表現逆市增長，仍有不少投資者要求贖回自己的投資。單單在 2008 年 12 月的首週，馬多夫已經接獲高達 70 億美元的贖回請求。而這時，正是他知道自己的騙局將走到盡頭之時。

2008 年 12 月 10 日晚上，馬多夫向兩個兒子坦誠自己創造了一個騙局的事實，一個橫跨 20 年，震驚全世界的龐氏騙局正式落幕。同年 3 月，馬多夫坦白承認 11 項詐騙罪，被判 150 年有期徒刑，這位曾經一度站在華爾街及金融界歷史上最高位的人，正式成為階下囚，亦同時為華爾街寫下刻骨銘心的教育一課。

龐氏騙局的形成是一個虛幻的無底深潭,當第一次行騙成功之後,就無法向後退,只好一直向以前的投資者說謊,一次又一次地利用新投資者的金錢作回報,當新投資者付出了金錢之後,又再要想方設法令他們得以滿足。所以只要有投資者選擇離場,提取當初投入的大量資金時,就會令整個騙局崩潰。

後記:

馬多夫在入獄之後也成為了明星。雖然他所犯下的罪行罪大惡極,但由於他是史上偷得最多錢的人,獄中的其他囚犯都很敬重他。憑藉財力和經驗,馬多夫甚至壟斷了獄中的熱朱古力市場。他買下了物資供應處的所有「Swiss Miss」熱朱古力,成為獨市,並轉售圖利。

而馬多夫所牽連的人不單只是投資騙局中的受害人,更關乎自己的家人。馬多夫家族在騙案之後一直被追討款項,其公司的員工也不斷面臨刑事指控。他的長子馬克・馬多夫更於 2010 年在家中吊頸自殺。留下的除了是兩歲幼兒,就是一段令人心酸、心寒、心痛的騙局與報應的故事。

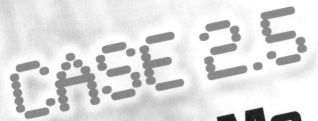

CASE 2.5

Catch Me If You Can——由偽造支票走到安全顧問公司CEO的傳奇故事

有一些騙子是在走投無路時，突然想到
用不正當方法賺錢。而有些則是
天生就有做騙子的天份，著名騙子魏法蘭
Frank William Abagnale Jr. 就是其中之一。

即使你未必聽過他的大名,也定必有聽過著名
電影《捉智雙雄》(Catch Me if You Can)。
這部由1980年出版的同名自傳編而成的電
影,講述由李安納度狄卡比奧飾演的大騙子,
透過印製假支票和冒充各個專業賺取巨額
金錢。而這位騙子的原型,正是天生的
騙子天才魏法蘭。

魏法蘭從 16 歲開始踏上行騙之路。16 歲時魏法蘭的家庭因為
稅務問題而破裂,面臨父母離婚的他,沒有選擇跟隨父親或母親,
反而是直接離家出走,隻身走到紐約開展新的人生。

假支票騙取 250 萬美元

魏法蘭是一個學習能力非凡而且經常求變的人。如果你看過電
影的話,就會知道魏法蘭的行騙技巧起初是習自他父親,而第一次
「出手」就是使用父親名下的信用卡購物並轉售買來的產品套現。
16 歲的他離家出走之後,第一站就來到了紐約,為一家文具店作
送貨工作。由於薪金不足以支付他在紐約的生活,促使他進行了第

一次詐騙——將駕駛執照上的一個「4」字改為「3」字，讓自己的年齡立即大了十年，而憑藉六呎身高和一點灰銀色的頭髮，好讓他看起來真的像個成年人，並更容易找到薪金更高的工作。

到賺到第一筆錢之後，魏法蘭需要將薪金存到銀行，而這次是他初次接觸到銀行存款的運作。作為一名新客戶，他需要使用在銀行櫃枱上的入數紙存款。他心生一計，在想：如果可以利用磁性墨水在入數紙上印上他自的戶口號碼，那其他人在入數時不就會將錢入到他的戶口嗎？聽起來十分「陽春」的行騙手法，居然意外地成

功了，更為魏法蘭在騙局被識破前帶來了 $40,000 美元的收入。而在他被揭發之前，早已換了身份逃之夭夭。

魏法蘭的假支票技巧也是非常聞名。一開始，他只是透過修改支票上的出生日期和帳戶名字，以形形式式的理由向銀行兌換手上的假支票以賺取金錢。由於在同一銀行分行兌換太多支票太容易遭揭穿，他開始在不同的銀行及分行實行假支票計劃，在短短五年之間，於不同國家偽造了總額超過 250 萬美元支票。

假扮機師賺虛榮感

其後，區區詐騙金錢已經滿足不了魏法蘭的慾望，在一次巧遇東方航空的機組人員之下，令魏法蘭產生出假冒飛機師的想法。他認為，這樣做除了能夠坐免費飛機周遊列國，更能讓他一嘗身邊被空姐圍繞著所引來的艷羨目光，以及享受到身為受萬人景仰的飛機師虛榮感。更重要的，是這個身份更能方便他隨便兌現假支票。

於是，他致電泛美航空（Pan American World Airways），訛稱自己是飛行員，剛丟失了飛行員制服，而要求度身訂造一套，並且透過假裝記者訪問航空公司高層而學習如何裝得更像一位機師，

且順利造出了假機師證件，以毫不懂得駕駛飛機的狀態下成為「機師」，握著操控杆，飛越大海，跨越法國、瑞典等 26 個不同國家。

偽造哈佛學歷表

假裝泛美機師的事差點被資深機師揭露而事敗，魏法蘭改為退去喬治亞州，並在電視劇中學習醫生的說話內容、語氣及技巧，在當地的一家醫院偽裝成兒科醫生。由於在大部分的醫療狀況下，他本人都不用真正的醫學知識去協助，只需要其他實習醫生去代勞即可，使得醫生這份職業成為他的優差。然而，假冒醫生的他發現長久下去總會有機會造成醫療失誤引起人命損失，決定改為裝第三個身份──律師。

在輾轉介紹之下，魏法蘭認識了一名律師朋友，並訛稱自己是哈佛法學院畢業生。發覺自己的謊言「騙太大」之後，魏法蘭索性決定偽造哈佛學歷表，並且自修投考律師執照，更成功考取並當過短時間的法律工作。

加入 FBI 助查案

在騙無可騙的情況下，魏法蘭於 1969 年在法國巴黎被捕。憑藉他的天才頭腦、對偽造支票及偽鈔的知識，並警探 Joe Shea 的協助下，魏法蘭在出獄之後加入 FBI 協助調查商業罪案及欺詐等案件，其後更成立自己的安全顧問公司 Abagnale & Associates，成為 CEO。

魏法蘭的一生可謂極為傳奇。利用自己過人的智慧和學習能力，成功騙過了世界，假裝成各個世人仰慕的職業，除了騙了金錢還騙得了地位。雖說身份是假的，但他的個人能力卻是真的。行騙行為絕對是沒有縱容和包容的餘地，但魏法蘭作為騙子，相比起其他純粹騙錢的人，多了一份怪盜的魅力。

CHAPTER 3

CASE 3.1

咖啡機兄弟——
運用眾籌力量的
「走數」故事

DO NOT ENTER

DO NOT ENTER

DO NOT EN

出色的騙子，不一定是在國外的。

在香港，就曾經有一對趙氏兄弟

（兄趙公允Nelson和弟趙公亮

Benson），利用眾籌網的力量，

成功騙得超過五百萬的資金，

而所使用的手法極其簡單，

甚至沒有「手法」可言，就是「走數」。

要理解咖啡機騙案故事，

首先要了解何謂「眾籌」。

著名網頁 Kickstarter 是眾籌網頁的龍頭大哥，於 2009 年成立，目標是透過公開的平台，讓大眾發揮創意，將自己的產品概念放到網上，並向公眾募集資金進行生產。利用 Kickstarter 募資的好處，是這個平台基於一個「公平」的原則實行，由於是向公眾募集資金，他們的創意概念是否得到世界認可，就正正能夠由募集得來的資金總額反映出來。如果概念不好，沒有人支持的話，等於市場並不接受這種產品，募資者也不用在浪費時間和金錢於設計和生產之上，只需要更集中的去改善概念。情況於美國矽谷的各大

科技企業一樣，找不到投資者的話，整個項目就不用做下去，只是 Kickstarter 上的項目更傾向於大眾消費者和多數是零售商品。

但 Kickstarter 同樣有他的弊處。由於募集資金是消費者自己的決定，而募集者由於未有足夠資源，對於「投資者」的承諾也只能是口頭上，例如是產品的確實生產日期、質素、批次、價值等，都沒有絕對的保障，Kickstarter 上最能夠將募資者與投資者連上的就是「信任」。雖然募資者需要有商業登記等資料作為 Kickstarter 的募資者，但由於生產時有可能免對延遲出貨、貨不對辦的情況，對於消費者來說，在 Kickstarter 上投資，和投資股票一樣有風險，同時也做就了一些騙徒利用此漏洞騙財的機會。

假的真不了

2014 年 10 月，香港的趙氏兄弟開始以智能咖啡機 Arist 在 Kickstarter 上募集資金。Arist 智能咖啡機的特色，在於可以讓用家透過專用的手提電話應用程式，根據自己的口味去設定沖調方法，例如咖啡濃淡程度、奶泡多寡、水壓、水溫、朱古力、糖漿份量等等都能夠隨時隨地在手心控制。由於其設計的前瞻性和方便

性，在很短時間之內，零售價為 $299 美元的 Arist 已經集資成功，並得到了 84 萬美元（約 656 萬港元）的支持，並獲得香港政府頒授的香港資訊及通訊科技獎。

Arist 咖啡機本來承諾於 2015 年 6 月出貨，但卻多次因為種種理由延期：2015 年 4 月，Arist 方面聲稱被黑客攻擊，宣布出貨期要延至 2015 年 10 月。其後，由於有大量投資者大感不滿，質疑整個計劃是騙局並要求退款，趙氏兄弟再次解釋，眾籌的資金用作生產的智能咖啡機是第二代產品，與當初得獎的產品有所不同，所以需要更多時間生產，以平息眾怒。直到 2015 年 10 月，趙氏再次以設計改動為理由延期出貨，再次引來投資者不滿。

直到 2016 年 3 月，趙氏兄弟主持 Arist 的新機發布會，並讓 Arist 實機亮相。本以為實機能夠挽回 Arist 的名聲，並如期出貨給投資者，然而，發布會的所見令公眾嘩然——發布會上展出的「專業版 Arist」，比 Kickstarter 上眾籌的「家用版 Arist」功能更差，堪比「閹割版」的咖啡機。除了機身比起一開始眾籌時聲稱的大一倍之外，「專業版」反而失去了當初「家用版」中提及到可以調節

的水壓、水溫、加朱古力等功能，而價錢更是比 Kickstarter 的價錢貴五倍——盛惠 $1,500 美元。

多次重施故技

整個拖數騙局已經超越了一般「狼來了」故事可以容忍的三次謊話機會，無數的投資者已經在 Kickstarter 上留言要扣退款，並希望 Kickstarter 能夠移除 Arist 的頁面，以免更多無辜投資者「中伏」。然而，咖啡機兄弟似乎絲毫無損，沒有被任何當局追討，沒

有向投資者兌現承諾，咖啡機和眾籌的項目頓變成二人的提款機。咖啡機事件開始丟淡之後，兩人甚至「借屍還魂」，借用趙兄的妻子作為新眾籌計劃公司的董事長，在 Kickstarter 上重施故技，推出聲稱能以磁力接合的手提電話充電線 Znaps，俗稱「磁能線」。

俗語有云：橋唔怕舊，最緊要受。「磁能線」項目推出之後集資到超過 1,800 萬港元，但同樣是延遲出貨。

黑鑊越揭越多，在香港各大傳媒的追查之下，發現趙氏兄弟另外更涉及智能多士爐 Toasteroid 及手提電話轉換插頭 Auxillite 等兩個項目的眾籌，涉及金額約 266 萬港元，似乎二人「食過翻尋味」，而投資者亦一次一次地中伏，所揭示的除了是「騙徒手法層出不窮」之外，還有就是 Kickstarter 或者其他眾籌平台實在欠缺完整的退款和追討機制，讓心懷不軌的騙徒有機可乘，而輕鬆免於刑責。儘管 Kickstarter 確實是出產過不少出色的產品，但同時是否會成為騙案的溫床？這還是具爭議性的話題。無論如何，給各位的忠告，就只有「投資涉及風險，投資前應先考慮自己的承受能力」，信不過的產品，就不要隨便投資了！

CASE 3.2

第二位
Steve Jobs
Theranos 的
矽谷傳奇與殞落

科技時代的來臨，意味著創新和創業走到
另一個境界。在舊時代所聽見的「創業」，
多數和有實業的生產有關，例如做塑膠生
產、家居用品等。現在的「創業」，則不再需
要有實業或者產品，只需要透過電腦程式、

手機應用程式或者服務，向投資者展示
自己的想法和產品，已經能夠得到垂青。
一些公司甚至是只有一個概念，和一件
產品樣版，同樣地可以從投資者身上集
來過億資金。而這些創業家們所「販售」
的，是一種理念、思想、或者一個偉大的
未來。

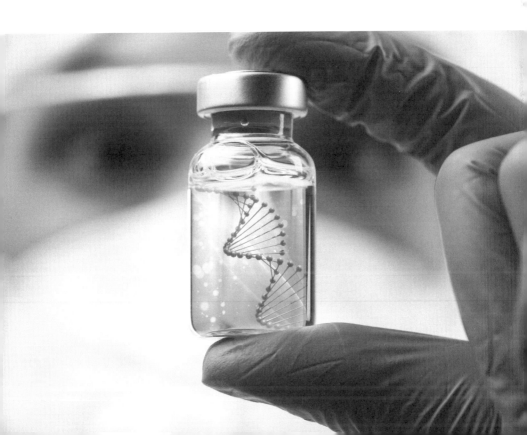

在這種對於某些人來說是「崎型」的企業發展模式下，孕育出不少全球性企業，例如 Air BnB、Instagram、Pinterest、LinkedIn、Uber、Snapchat 甚至著名遊戲 Angry Birds 等。而在這云云傑出 startup 企業當中，包括 Air BnB 在內的一些企業，能夠在 10 年資內被估值超過 10 億美元，就會被冠上「獨角獸企業」的美名。

創業界常流傳一句說話：創業的企業中，100 家大約只會有 5 家成功。假如獨角獸企業是成功初創企業中的極少數，獨角獸之中的騙子，就更加是少之又少。而本篇所介紹的，就是轟動矽谷和創業界，由被稱為「女版 Steve Jobs」的 Elizabeth Holmes 所策劃的生物科技騙案——Theranos 血液測試機。

醫療界女版 Steve Jobs

2003 年，從西岸名校史丹福大學綴學的 Elizabeth 懷著滿心壯志，希望利用生物科技的力量，徹底顛覆醫療界，並創立 Theranos 公司。Theranos 的願景，是希望將血液檢測的價錢大大降低至每一個人都能夠負擔的程度。換言之，每一個人都能夠掌握到自己的健康，了解身體狀況。2013 年，Theranos 正式推出名為 nanotainers 的血液收集機和 mini Lab 的血液診斷裝置。

　　Theranos 的趁症方式幾乎是在每一個方面都比傳統驗血方式優勝：比起傳統利用針筒抽血檢，Theranos 聲稱其微流體技術能夠無痛抽血；本來雖要至少 $50 美元一次的一般抽血費用，Theranos 只需 $2.99 美元就可；化驗時間由原來的一至兩天，縮減至四小時，甚至只需幾滴血，就能做出多達 240 種的醫療檢查，輕則膽固醇問題，大則癌症，都逃不過 Theranos 的技術。

　　憑藉極高的科技含量和創新技術，Theranos 增長速度迅速，更曾被坊間認為能夠在價值約 750 億美元的美國血液檢驗市場中搶佔 70% 佔有率，甚至開拓更大的市場。而創辦人 Elizabeth 的個人魅力和交際手段的高明，以及為世界帶來的改變亦使她曾一度被認為與蘋果創辦人 Steveo Jobs 齊名。同時，Theranos 的事跡亦吸引了不少著名投資者的垂青，當中包括 Oracle 公司創辦人 Larry Ellison、前美國財政部長 George Shultz、Walmart 的 Walton 家族和美國連鎖藥房 Walgreens 都參與投資了這項推動人類進步的大項目。

　　Theranos 的傳奇性發展，使其估價曾一度高達 90 億美元，問鼎 decacorn 企業之列（即比獨角獸企業估價多十倍的企業）。而這一切好景，在 2015 年遇上巨變。

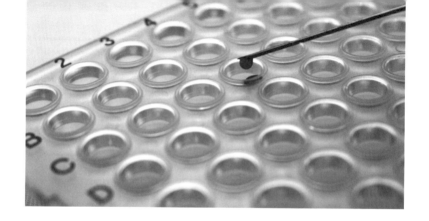

踢爆篡改測試報告

　　《華爾街日報》記者 John Carreyrou 對於 Theranos 的傳奇充滿好奇，並一直對此企業進行調查，了解 Theranos 從不向外透露其檢驗技術的秘密，從中取得了驚人發現，並發表了名為《熱門創業公司 Theranos 血液檢測技術面臨困難》的文章，改寫了 Theranos 的命運。文章中指出，John 透過對大量 Theranos 前員工進行採訪以及比較 Theranos 與其他專業醫療機購所做的血液測試結果，得出了非常重要的發現：Theranos 對外宣稱所進行的所謂 240 項測試，當中只有 15 項是由公司自己研發的 Edison 血液測試機進行，而其他二百多項的測試，都只是使用在西門子公司購買的血液測試器進行。而 Theranos 的血液測試亦多次被用作與醫院專業儀器的測試結果進行比較，發現 Theranos 的測試結果往往出現極大誤差率，甚至曾試過因為錯誤驗出患者身體出現的問題，讓他們誤送醫院診斷。

John 的文章中同時提到 Theranos 的前員工表示，公司為了提升自己的測試準確性，竟要求員工排除不準確的測試結果，甚至私自篡改報告，以減低測試誤差。而對公司職員來謢是，身在這家一直向前衝的獨角獸之中，薪高糧準，投資者也越來越多，自然對於篡改測試結果的事採取隻眼開隻眼閉的態度。

一石激起千重浪，文章出版之後，多個美國機構，包括美國食品藥品監督管理局（FDA）、美國聯邦醫保與聯邦醫助服務中心（CMS）、證券交易委員會（SEC）等都開始對 Theranos 的血液測試結果作出質疑，甚至主張以 Edison 機器所測出的結果可能直接損害患者的健康，必須停止使用。

被判罪成入獄

2016 年 5 月，Theranos 面對客戶集體訴訟，指其血液測試的結果存在欺詐成份，使 Theranos 面臨前所未有的危機。同年 10 月開始，Theranos 關閉了散落在美國各大洲的實驗室及健康管理中心，並大幅裁員 340 人，而這是惡夢的開端。接著，公司一直面對著關閉實驗室、裁員、訴訟、賠償、和解等循環，直止 2018 年 3 月，Elizabeth 終與美國證券交易委員會就欺詐的指控達成和

解，並賠償 50 萬美元，以及放棄手上的 1890 萬公司股份以及大
多數投票控制權，Theranos 的傳說正式暫告一段落。

Theranos 被視為近年最大型的矽谷生物科技騙案，早前創辦
人 Elizabeth 終被判罪成入獄，她被落控 11 項罪名，當中 4 項罪
名成立，包括刑事欺詐投資者。另外 4 項罪名不成立，包括欺詐病
人罪名不成，而有 3 項控罪則未達裁決。有報道指，Elizabeth 面

臨最高 20 年監禁刑罰，但她擬再作上訴，並指控被合夥人 Sunny Balwani 虐待、控制和脅迫。

翻拍成電影

隨著世紀級騙案落幕，另一邊商機處處，Apple 宣布與傳奇影業共同製作，將普立茲獎得主、《華爾街日報》調查記者 John Carreyrou 所著嘅《Bad Blood: Secrets and Lies in a Silicon Valley Startup》（惡血：矽谷獨角獸的醫療騙局！深藏血液裡的祕密、謊言與金錢）小說改編成電影。名為《Bad Blood》的電影將探討矽谷新創公司 Theranos 興衰，以及創辦人 Elizabeth Holmes 如何成為億萬富翁，然後被踢爆造假的傳奇故事。電影找來擅長執導政商界醜聞，《Vice（為副不仁）》、《The Big Short（沽注一擲）》導演 Adam McKay 執導及撰寫劇本，並由影后級 Jennifer Lawrence 飾演女主角 Elizabeth Holmes。

這個破天荒、震驚全世界的科技突破只是騙局的事實，故事告訴我們，被騙不是升斗市民或者知識水平較低的人的專利。強如美國各部門領袖，以至大機構的領導人物，一旦被過於美好的幻想所矇蔽眼睛，同樣也會成為騙子的囊中物。

CASE 3.3

港式騙局大盤點
——猜猜我是誰

「猜猜我是誰」騙局是聞名於中港兩地，有相當歷史卻又不斷有人中招的經典騙案之一。實際上，很久之前已經出現過騙徒致電給長者冒充他們的子女或孫兒的騙案模式，雖然警訊也多做這類案件的範例，但只要將騙案改頭換面，用「猜猜我是誰」的方式去行騙，同樣收效。「猜猜我是誰」是如何運作？原理極之簡單，但受害者卻往往在毫不察覺的情況下中招。

行騙過程

　　首先，騙子會隨機致電給受害人，由於沒有受害人的背景資訊，這種騙案與那些保藥黨、種金術有點不同，目標不只是長者，而是任何人都有機會中招的。當受害人接聽電話之後，騙徒就會説些模稜兩可的話，例如「喂？是我呀！」或「你記得我嗎？」之類，讓受害人在充滿疑問時放下戒心，根據對方式聲音、語氣，隨便估估對方的身份，反問「是老趙嗎？」或者「是不是陳仔？」之類的答案，讓騙子得以順勢而上，有機可乘。

　　通常，受害人會誤以為對方是自己很久沒有聯絡的朋友，從而在半信半疑的情況下展開對話。然後，騙徒就會透過揣摩對方的語氣、對話內容而去模仿，假扮為對方真正的好友然後下手行騙。一般比較進取的騙徒，通常會直接向受害者提出請求匯款的要求，原因不外乎是「在內地遇交通意外被扣壓」、「差少許錢還借貸」、「急需醫療費用應急」等急切情況。由於這些捏造的理由多是不想被身邊人知道，所以對受害者來說亦理順了「為何緊急情況不找家人而找老朋友」。

　　有一些騙子則是會用比較長的時間與受害人溝通，不會在第一次通話時就要求款項，露出馬腳。有時候，他們會倒過來為受害人留下自己的聯絡方法，提高他們的信心。一些騙子則可能會在首次行騙時只要求非常小額金錢，並且如期還錢，藉此減低受害人的戒備，並開始建立起與受害人的關係，在其後幾次聯絡時才開始要求大數目的款項。此時，由於受害人已經十分信賴騙徒，根本就不會再思考整個情況是否可信。而且，受害人已經當騙徒是自己的朋

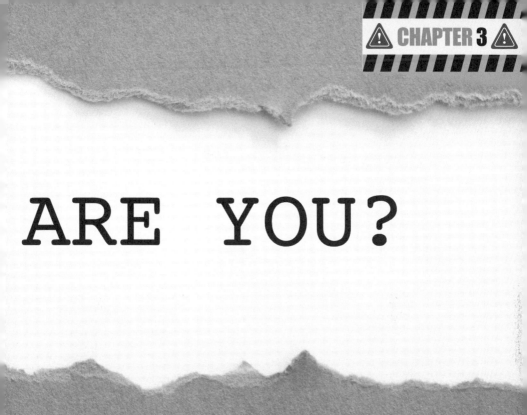

ARE YOU?

友一樣，甚至在被騙大額金錢之後都不容易醒覺，認為對方真的是應急，會有還錢的一天。可惜的是，騙徒早就逃之夭夭了。

為何會上當？

其實，「猜猜我是誰」的騙局方法古老得很，卻有無數的受害者不斷地中招。到底為何電視、電影演繹過無數次的騙案還會行得通？有以下幾個原因：

1. 受害人從一開始就沒有戒心

　　雖然現代人有很多抱有一種「不知名的電話直接不聽」的心理，拒絕一切不在電話簿的聯絡人，但仍有很多人會接聽所有電話，從一開始就不覺得騙案會發生在自己身上，因而放下戒心。而當騙徒開始模仿受害人認識的人、老朋友或遠房親戚時，受害人就會直接選擇信任對方。騙子利用受害人的信任和同理心是必然的，但終歸一個被騙的大原因，就正是受害人的危機意識太薄弱，沒有意會到自己隨時都能夠身在險境。

2. 整個騙局非常自然

與前章提及的龐氏騙局有所不同,「猜猜我是誰」並沒有利用人類的貪婪,反而是利用了受害人的同情心。「猜猜我是誰」的騙局沒有牽涉到能夠提供高回報的投資、沒有保證受害人能夠拿回錢、沒有由騙子提供確實的回報期限,使受害人完全沒有保障,也是沒有被強逼的情況下自願為對方獻款。整個騙局的安排非常自然,都是一些真實上會發生的意外,例如交通車禍、被行政拘留等。這些都只不過是簡單謊言,利用受害人希望協助別人心,心甘情願地交出金錢。

3. 騙徒並不心急

「猜猜我是誰」中的騙徒,通常都不會一開始就直接說要錢。他們知道,只要對著受害人一提及錢,對方的警戒心就會立即提高很多,所以一開始還是一步一步慢慢與受害人建立關係,並非單純的以利益誘惑,而更著重情感上的交流從而將受害人引入局中。有時候,當騙徒向受害人提出自己的「慘況」時,受害人或許已經會主動提出金錢援助。而騙徒則有一些會在這時候以退為進,對受害者說不需協助,反過來逼使受害人再次提出更大額的金錢。不是所

有騙徒都急於一時去賺錢，騙局得以成功，某程度上也因為騙徒能夠反客為主，在整個騙局中取得主導權。

如何避免上當

　　雖然「猜猜我是誰」這經典騙案的技巧今時今日已經通天，但小市民如果想保障自己，應該如何做才可以避免自己受騙呢？首先，看見不知名來電的電話就要提高警覺，有著「這是騙案」的心

理準備。當對方開始說話,並要求你估對方身份時,不妨試試捏造一個自己不認識的虛擬角色,試試對方是否真的認識你,還是隨便承認是一個你身邊的人。如果騙徒開始提出要求款項時,可以多提出一些較深入或複雜的問題,例如「你需要的錢最遲甚麼時候要到帳?」、「我有相關部門的電話,要不要我先給你打去找個人幫忙?」、「你要的巨款我一時未能籌到,可以分批入帳給你嗎?但我銀行有每日交易上限,應該如何劃分轉帳時間?」等。這些問題可以是非常無聊或重複性的,目的只在於混淆騙子,讓他們變得焦急,從而敗露自己的身份。

CASE 3.4

港式騙局大盤點
——點數卡騙局

EXIT

科技發展為人類帶來方便，同時
也因為科技發達而讓很多人誤墮騙局
的陷阱。而其中一項近年才出現的
科技騙案，名為「點數卡騙局」。
顧名思義，點數卡騙局就是騙徒利用
受害人的信任，為他們增值或者購買
一些點數卡。這種騙案多數是使用
即時通訊軟件例如WhatsApp、

LINE等等進行，似乎騙徒也會
「與時並進」，除了使用傳統的電話
騙案之外，也懂能接觸新科技，
用嶄新的手法行騙。到底這種騙局
是如何進行的呢？

點數卡騙案份為幾種。最簡單的，就是騙徒利用一些不存在的誘因，直接以第三者身份與受害者聯絡並要求取得點數卡。例如，時下男生喜歡使用交友 app 或其他即時通訊軟件與異性溝通結緣，殊不知對方竟是騙徒，甚至不是女性而是男性。騙徒首先會花時間和事主建立友好關係，例如在與對方傾談的時候噓寒問暖，以搏取對方信任，希望對方不會懷疑自己的騙徒身份。然後，他們就會開

始提出一些自身的要求，例如是想購買指定產品必須要使用到點數卡，但自己的銀行戶口、電子錢包或信用卡等等出現問題，無法由自己購買，必須經由第三者的協助，請求事主代自己購買，並聲稱

自己會於購買之後款付，只是需要事主幫忙代勞。騙徒取得需要的點數卡之後，理所當然地就人間蒸發，不再出現，而事主也白白花了成千上萬的金錢去幫助了這位素未謀面的網友。另外，也有一些騙徒來得更加直接，聲稱自己是賣淫，能夠為事主提供性服務，但他們只收點數卡作為酬勞，而不接受現金或轉帳。結果當然還是騙案一椿，收到錢之後立即消失，正宗「色即是空」。

認親認戚呃點數

另一種點數卡騙案，某程度上來得更直接、快捷和暴力，這種方式主要是透過假扮事主的親朋好友，省卻建立互信的部分，直接請求事主幫忙買卡。能夠如何假扮？也有幾種方法。一些手段較高明的騙子，會找出一班在即時通訊軟體上的保安較弱的人，嘗試駭進他們的帳號，並以一個全新手提電話號碼聯絡事主，並在駭入他們的帳號時，以丟失電話等藉口，要求他們告訴自己軟件登入的驗證碼，之後再進入事主的戶口，向他們的親朋好友埋手，請求協助購買點數卡。手法較初階的騙徒，則會直接以新電話號碼接觸事主，訛稱自己是事主的某位朋友，以同樣藉口請求協助買點數卡。由於騙徒所使用的是全新號碼，事主毫不認識，故這種做法相比起駭入事主帳號較難以得手。

　　看到這裡的讀者或許都會有一個問題：為何騙徒要選擇騙點數卡，而非現金或者其他財物呢？原因有很多，首先，假如騙徒直接向事主要求鉅額現金，很容易就會露出馬腳，讓事主警覺，而點數卡則比較轉折，較難使事主聯想到事情與騙案有關。第二，騙取點數卡是一件非常難追蹤的事。由於多數點數卡只需要使用卡背的多位數字密碼去

啟動，就能使用裡面的餘額，一旦點數卡被人啟動，要追蹤啟動者就會變得更困難。相比起直接向事主提供收款用的戶口號碼，利用點數卡自然是變相更方便，更易逃脫。第三，和上面所説難以追蹤的理由相約，由於只需要號碼就能使用，騙徒在取得號碼之後就能夠輕鬆轉賣給有需要的人，整個過程快捷而不用經過他們的手，非常方便。

如何能夠提高自己的警覺性，避免墮入點數卡騙局？以下幾項都是你可以留意的方法：

1. 無論對方是全新電話號碼還是認識的人，當對方問及點數卡時，都應該先想一下你認識的對方是否一向有購買或使用點數卡的習慣。雖然出於好意協助別人是良好品德，但如果對方在你的認識之中不多使用點數卡，卻突然要求你購買，甚至要求你買大量卡或增值大面額的話，就要格外留神。

2. 其實，無論對方是要求點數卡還是其他財物，當他們提出要求時，都不應該直接答應，反而應該致電對方，看看對方是否真的有提出要求，還是對方本人被冒認。由於騙徒是透過即時通訊軟件行騙，不會與他們所冒認的人有接觸，只要一通電話，就能夠知道對方是否真的要買點數卡。而如果騙徒是使用全新號碼的話，你仍然可以直接致電對方的電話，因為騙徒肯定不會接聽。

3. 所謂預防勝於治療，如果怕被駭進自己通訊軟件戶口，最簡單直接的方法就是為自己的帳號加強保安，例如加入兩步驗證、SMS

驗證等，讓騙徒更難駭入自己的帳號。當發現自己的戶口有任何疑樣時，應立即更改軟件的登入密碼，或者強制登出所有正在使用軟件的裝置，再重新只使用自己擁有的裝置登入，方可以避免被駭客容易入侵。

點數卡騙案在近年特別盛行，另一個原在於騙案的手段及計劃比較創新。而使用通訊軟件只是一個例子，在未來，可以預見將有更多相類似的騙案陸續出現，都是前所未有的。所以，在任何可疑事情發生時抱有懷疑態度，對於自身保障或許才是最有利的。

CASE 3.5

港式騙局大盤點
——我是入境處

「我是入境處」的騙案於近年比較流行，
方式也比較有系統和嶄新。特別是除著
網購時代的興起，以及國際化寄件的便
利和貨件入關的情況複雜，令這種騙案
得以有機可乘。然而，這種騙案的
破綻多多，只要不心虛，基本上都不會
中招。如果你曾經因為「我是入境處」的
電話而擔心貨件被扣押的話⋯⋯
似乎閣下也非善男信女。

運作模式

「我是入境處」的運作模式需要相當的規模,並非一般「散戶」能夠隨便做到。首先,騙徒集團會有系統地撥打一系列的電話號碼,號碼是隨機的。當接通電話之後,受害人就會聽到疑似由電腦聲音組合成的錄音,內容大概上是「你好,這裡是香港入境事務處,你涉嫌與甚麼甚麼案件有關,將會被限制出入境。如要了解詳情,請按 1 字與入境事務專員聯絡……」

這時候,如果受害人根據錄音所示按了 1 字,就會被轉接到一名真人接聽,即是騙徒本人,或者詐騙集團的人。騙徒接通電話之後,通常會反問受害人的名字,並且要求受害人自行說出所干犯的事項以及來電目的。稍為敏銳的受害人,其實在這個時候已經會知道自己正在一個騙局之中,因為如果真的是入境處致電的話,怎可能會不知道自己干犯的案件,而竟然要受害人自己報上名來!?

當從沒有聽過錄音的騙徒開始從受害者口中套出資訊之後,騙徒就會隨便捏造一個故事,說受害人因犯上了出入境條例、證件過

期等等的情況,需要為當局提交一定數額的款項,才可以順利處理案件,解決問題。騙徒或者會要求受害人說出姓名、銀行戶口、身份證號碼等個人資料,用作後續的其他行騙用途。如果是直接要求交款的話,騙徒要求的金額通常不會太大,大約是幾千至幾萬不等。畢竟政府部門會突然向市民致電並要求金錢已經很奇怪,如果是大額的話更容易令人懷疑。而受害人一般鑒於數額不大,而且焦急希望解決事情,便在不會有太多懷疑的情況下直接將款項給予騙徒。

騙案變種

隨著「我是入境處」的騙案開始被識破,騙徒亦開始將騙案「變種」,在細節或方法上稍作改動,便再次行騙。除了入境處,騙徒亦會訛稱自己是手提電話服務供應商、速遞公司或其他較多人使用的大型機構致電給受害人。除了干犯刑事罪行或證件問題,也會利用「電話服務問題」、「電子支付帳戶需要確認」、「有重要郵件被扣查」、「速遞郵件需要資料核實」等原因來進行詐騙。雖然這些原因未必會導致受害人有直接金錢損失,但如果是白白告訴了騙徒自己的個人資料,同樣也有可能造就騙徒進行製造假身份證、及銀行戶口相關的騙案等。

中招原因

「我是入境處」騙局破綻百出，但仍然有不少受害人中招。當中的主要原因可能有幾個：

1. 以權威和規模提高可信度

以這種手法行騙的騙徒或集團，通常都不會假扮私人或小規模的公司，以政府機構或大型機構的角色與受害人聯絡，更容易提升

自己的可信程度。即使受害人並沒有與騙徒假扮的公司有任何關連或交接，一般小市民如果收到由大機構或政府打來的電話，出自於好奇心也會先聽聽對方的說話。在這種情況下打開了話題，就等於讓騙徒入室，進行其他行騙行為了。

2. 受害人心虛

面對被告知自己犯法或有可疑郵件被扣查，一般人正常地會覺

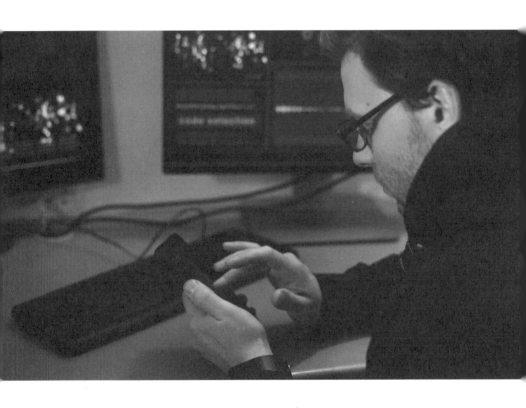

得不明所以，知道自己沒犯事的話就直接掛線。然而，有一些受害人則會在得悉自己可能犯法時，就立即緊張起來，讓騙徒得以乘虛而入。其中的原因可能是因為受害人本來真的有做過容易被定義為犯法的行為，從而覺得非常緊張，希望能透過付錢給騙徒解決問題。另一方面，在網絡購物盛行的年代，速遞郵件被扣查其實是不足為奇的事。所以在購物與發貨之間的空隙，也會讓騙徒有機可乘。

如何防範？

　　這種騙局的格式實在是太多漏洞以及太易識破，各位只要細心一點的話，其實要破解騙局自保是非常簡單。首先，假冒官方機構來電的電話通常都沒有來電顯示，或者是一個從遠方打來的長途電話。雖然不能斷定沒來電或者長途就等於騙案，但如果是本地機構或者政府致電，會有這種奇怪的來電顯示嗎？

　　另外，電話接通之後的錄音口訊，通常都會是非常低質素，而且聽上去像由電腦合成出來的奇怪聲音，一點都不像平日致電到政府機構時所聽到的錄音。而如果接駁到真的接聽的話，對方多數會莫名奇妙地再次反問受害人是何事致電，根本不像是政府機構要主動聯絡事主的口吻，完全無法「連戲」。即使真的是政府部門或其他機構致電，也不會無故要求受害人向當局付錢解決當前情況，這種做法完全跟貪污枉法無兩樣。

　　所以，只要細心冷靜一點，嘗試以邏輯去理清局勢，自然就不會容易墮入「我是入境處」的陷阱了。

CASE 3.6

港式騙局大盤點
——網絡情緣

相比起一些較為直接簡單的騙財
型騙局，網絡情緣在本質上、
實行上和時間性上都有不同。
網絡情緣小則騙數千至數萬，
大則可以騙過千萬。受害人亦無
分男女，只要你有錢，有在網上結
識異性，都有機會中招。
到底網絡情緣有何吸引力

令這麼多人「入局」上當？又有

何威力令到中伏的人都不能自

拔，甚至被告知誤墮騙局仍然深信

自己清醒？本篇和大家一起揭秘。

網絡情緣騙案，簡單解釋就是騙徒藉著欺騙受害人的感情，從他們身上獲取好處。網絡情緣的特別之處，在於不必有集團式去經營，不像「我是入境處」等需要利用電腦系統撥打電話，也不需要仔細的計劃，任何人都能夠成為騙徒，比較易「入行」。另外，這種騙案的目標並不是單一的金錢，騙徒可以只向受害人要求請吃飯、送禮物、請去旅行等等，全都是圍繞著個人享受。有一些則是

「為公司而戰」，例如售賣美容行業、英文課程、健身療程的人，利用自己的美色或魅力令受害人為自己購買產品，為求達到銷售目標。所以，雖然這種做法絕對不是值得推崇的，但比較起上來，網絡情緣的做法比較像一種「小聰明」，而非真正有預謀，以欺詐為中心的騙案。

博取同情心

　　網絡情緣騙案的手法其實非常簡單。首先，騙徒會漁翁撒網式利用交友 apps 不斷與陌生人對話，以搜尋出最容易下手的目標。然後，他們就會非常積極主動地與受害人交流，比起一般真正的交友 app 用家更主動。騙徒不會在一開始就向受害人提出要求，反而是一步一步和他們建立感情關係，並會非常有耐性地花時間培養對方對自己的信任，而非一開始就「獅子開大口」出言要錢。在與受害人建立一定程度的關係，甚至是虛擬地承認兩者的情侶關係之後，騙徒就會開始說出各種藉口塑造自己的一個悲慘生活。例如是父母離異卻需要大量金錢交學費；家中需要裝修卻差一點錢才可；家人患重病卻要錢做手術等等。通常，在這時候受害人就會心軟，或礙於自己是對方「伴侶」的身份，主動提出提供金錢援助，而騙徒為了「做戲做全套」，會先欲拒還迎，假稱「不希望麻煩你」或「只

希望與你分享快樂的時光，不想為你加添負擔」等，讓受害人再度提出協助，才一步步接受對方的好意。

以上的行騙手法，可以是基於騙徒完全不露面的情況下發生的。由於只是網絡上的情緣，而非真實的情侶，當騙徒得手之後，只要不再「食過翻尋味」，就大可以立即消失。所以，受害人遇上的「情人」是否真實存在，甚至是男是女，皆無人知曉。而更甚者會訛稱自己是某國王子，與受害人發展愛情關係，故事假得離奇，卻有人深信不疑。

角色扮演

另一種的網絡情緣騙案，騙徒則會親自上陣應約，和受害人共聚，但只有人是真的，其他一切都是假的。明白到網絡情緣的受害人通常是比較孤單或缺少戀愛經驗，或者對某種性格、職業或背景的人有特殊喜好，這些騙徒會假裝成不同的角色，去滿足受害人的心理需要，之後再進行行騙。例如，一些騙徒會扮成是退役外國球星、海外駐港軍人、金融分析師、工程師等職業，或者自行捏造自己有外國國籍、家族顯赫等等的虛假背景，讓受害人更加有傾慕之心，或者覺得「抽到好籤」不易輕鬆放手。

　　然後，他們每次外出都會有一些理由，無論是吃飯、購物、娛樂等全都不付錢，例如是外籍人士在香港不停留很久所以沒有申請信用卡或攜帶現金；家鄉習慣是和對方約會時自己不出錢；或者直接「後數」，騙說會在下次還錢給對方等等。由於受害人中「情毒」太深，或者覺得對方是專業人士不會欺騙自己，所以就盲目地為對方付出而不求回報。雖然每一次的消費數額未必很高，但久而久之，當交往的日子漸長，而付出成為習慣之後，受害人就會不知不覺地為對方白花了一大筆金錢，而愛情最終未必能開花結果。

　　那為何不斷會有人中招？主要因為受害人很多時候在情場上的虛榮心作祟，遇上表面看來條件優秀的對象，就會毫不猶豫、毫無保留地將自己的一切交予對方，即使是被要求為對方付出，也有一種「放長線釣大魚」的思想，覺得現在的付出是為將來打算。另一方面，騙徒所拿手的噓寒問暖也能令受害人非常受落。一般來說，網絡情緣案的受害人在現實生活上未必太受重視，或者是在感情路上遇上連場挫敗，都會對自己信心不足。當有人在茫茫人海之中留意到自己，自然會容易誤墮情感陷阱，淪為對方的提款機。

結識後要注意的事

　　如何能夠在這種騙案中走出來？在約會對方時，首先不應輕易答應對方在金錢或物質上的要求，至少要跟對方有真實地見過面，才可以慢慢地走進發展的下一步。在交往的期間，也可以問自己數個問題，測測對方是不是有可疑，例如：

—— 交往對象有多少種聯絡方式？只會用單一方法跟你通話嗎？

—— 對方有否在交往的短時間內就與你以親密的方式互相稱呼？

—— 要求與對方見面時，他們是否諸多推塘？或者只約幾個
地方見面？

—— 交往對象在提及家人及朋友時，有否藉口連連，不跟你說
有關自己的故事？

如果對於以上任何問題都有懷疑的，也應該先審慎行事，不應
讓眼前一時快感失去理性。畢竟現在騙徒的行騙手法多端，不對身
邊事情採取懷疑的態度，就非常容易會受到欺詐。

CASE 3.7

防不勝防的電郵騙案

在網絡流行的時代，電子郵件成為人與人之間的主要聯絡方法之一。無論是私人事務還是工作需要，每天我們都會接收和發送大量電郵。而在每天數十至數百封的電郵往來之中，總會有些是不明來歷，來者不善的電郵出現。這些心懷不軌，希望騙財的人各

出其謀，以不同形式發出詐騙郵件。而由於款式層出不窮，中招的人往往是一個又一個。到底電郵行詐騙有多少種主要方式，這些郵件騙案又是如何運作？本篇為你逐一拆解！

1. 我有很多錢，但需要你幫忙！

　　電郵騙案很基本的一種，是騙徒以個人身份隨機聯絡受害人，作一篇非常長篇大論的故事，內容大同小異，例如是說自己是某國王子／總統，因事而不能動用戶口金錢，如果你能夠借自己的身份給他們一用，定必以千萬禮金回報；或者說自己剛繼承了一筆龐大的遺產，但因為稅務問題或者銀行的提存限制令他們不能夠自己動用全部金錢，必須要找個人和他們平分，所以就找上你。

　　如果你收到以上形式的電郵，或者未必會明白當中的內容和寄件者所遇到的困難，但還是會花點時間把整個故事看完。一般人當

```
*** SPAM ***    Order Id 9281349684875
*** SPAM ***    BITCOIN CODE MEMBER -
*** SPAM ***    I am as shocked as you
*** SPAM ***    IT TRAINING SCHOLARSHI
*** SPAM ***    Find Out Info About Ar
*** SPAM ***    Laser printer toner ca
*** SPAM ***    ONE-POUND-A-DAY DIET -
                         for sending an
```

看到對方要求自己交出個人身份或者聯絡資料時已經覺得有詐，就不會再浪費時間。然而，一些心有貪念、或一心希望助人的收件者則會認為將個人資料借人一用並無不可，同時自己也可以有金錢回報也算不錯。

　　然而，這種電郵的結局當然不會真的是有獎金。一般而言，騙徒

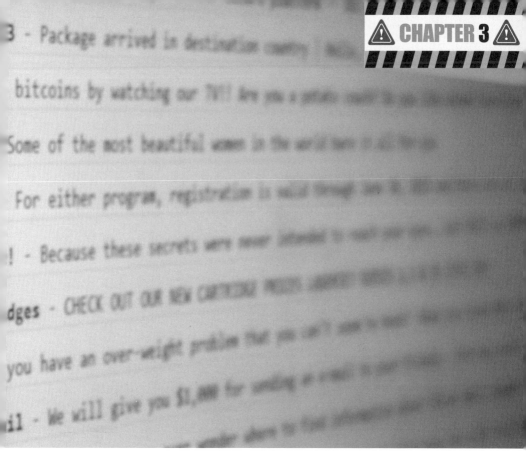

的最終目的只不過是想騙取受害人的個人資料作其他非法活動，例如利用他們的身份證／名字去借貸，或者借他們的身份騙取其他人。

2. 你剛完成了購買 / 你的密碼已被更改

　　隨著網上消費、訂閱網上服務例如音樂、電視劇等流行，讓騙徒又多一個方法行騙。其中一個方法，是假冒這些服務供應商

發送假收據給受害人。服務商例如提供 iCloud 雲端服務和提供 AppStore 應用程式市場的 Apple、串流音樂 Spotify、串流電視節目 Netflix 等，每當使用者續約或購買新產品時，都會發送電郵給使用者確認。而騙徒會假扮發送這些電郵，讓使用者以為自己的戶口被盜用，並按下假冒電郵中的「聯絡我們」按鍵與假的客戶服務部聯絡。

除了假冒購買了服務的收據電郵之外，騙徒有時候亦會假扮使用者的密碼已被更改或入侵，然後要求使用者自行登入電郵中所提供的連結進行更改，或者是要求回覆該電郵地址提出更改。其實，這些貌似由官方發出的電郵，正是最危險的。騙徒利用使用者對於網絡安全的認知不足，引誘他們跟著電郵的指示去做。無論是指示他們回覆、按鍵、登入等，全部其實都已經被騙徒埋下了病毒或資料盜取軟體。當受害人按下時，就會被騙徒的程式駭進電腦，取得個人資料或封鎖電腦進行勒索。

3. 你中獎了！/ 要些激情嗎？

第三種電郵騙案，是單純地針對受害人的歪念。騙徒有時候會假裝彩票公司，隨機向受害人發出中獎通知，告知他們可以透過某

種渠道取得獎金，同時要留下大量個人資料，讓彩票公司得以核實身份以發放獎金。另外，也有一些騙徒是在電郵上扮演性感美女，向男子埋手，發送一些性感的內衣照片，並誘惑他們，如果想取得更多性感照，或想有下一步行動，就要到訪某個指定網站登記成為會員。當然，這些所謂的「著數」全都是假的，目的就是引誘受害人留下個人資料給騙徒使用，或者進入他們指定的網頁，再在他們的電腦中種下木馬程式以控制他們的電腦及提取資料。

　　由於這些電郵的手法比較拙劣和簡陋，騙徒一般會大量發送這些郵件給不同的電郵用戶，並且會不斷重發，以極高的頻率嘗試接觸有機會「中招」的潛在人士。所以，如果你是電郵常客，在垃圾郵件箱中都不難發現曾收過大量這類型的低級行騙郵件。

如何避免中招？

　　要避免誤墮電郵騙案的陷阱，作為一般使用者，可以做的其實也有很多。首先，對於來歷不明的郵件，或者有懷疑時，就不要

胡亂按下電郵中的任何連結。首先應該了解清楚自己的各種網絡活動，才決定是否要向電郵發送者求證。另外，你也可以按下寄件者的名字，一般來說，騙徒所使用的電子郵箱地址與正當的電址郵箱會有大不同，騙徒所用的通常是一組難以解讀或明白的地址（如：iy3grkq37@uagf37.com），看到寄件者是他們的話，就要特別小心。

同時，避免讓騙徒得到你的電郵地址，也可以減低他們發送行騙電郵給你的機會。在瀏覽網站時，盡量避免胡亂登記成為網頁會員，即使是登記，也不要用自己的主力郵箱，也是避開行騙電郵的方法。另外，你也可以啟動電郵軟件中的防火牆功能，讓系統自動隔除有可疑的郵件。

講到尾，電郵行騙是較為被動的模式，要求收件人自行開啟電郵並且進行指定行動才可以成事。所以，只要各位對電郵皆抱著懷疑態度，面對可疑郵件事不要輕舉妄動，自然能大大降低受騙機會。

CHAPTER 4

CASE 4.1

旅行變虐待——
觀光團變購物團？

旅行原本是一樁開心事，但一不留神，
遊客卻會成為騙徒的「鮮肉」，樂極生悲，
原本愉快旅程變成悲劇收場。

近年流行自由行的旅遊方式，能夠讓遊客
更自由自主地遊外地，時間由自己控制，
又不必遷就團友行程口味，最適合行動
力高，又喜歡自己計劃行程的年輕人。
然而，有些較年長的一輩，體力未必能夠
應付自己計劃的行程，而且一些景點不便
自由行，或者礙於語言不通等等的問題，
都會傾向選擇報旅行團。

　　報旅行團的好處，在於只需要付錢，就能夠去自己想去的景點，不必多計劃，而且也能夠去到自己難以到達的景點地方。不過，旅行團正因為受盡旅行社控制，而旅行社需要為生意絞盡腦汁，為了吸引更多客人報名，就聯想出一些不法行騙手段，為求讓參與人數增加。而云云眾團之中，特別以購物旅行團最為有名。

　　最經典的一次，莫過於「導遊呀珍」在 2010 年接待旅客，因不滿遊客們購物太少而對他們破口大罵，引起公眾關注。到底購物團是甚麼？簡單來說，運作模式就是一般旅行團為了吸引遊客報名參與，將團費降至極低，甚至是「零團費」，讓遊客在有比較下就會想報名參加。然而，零團費是否真的零團費呢？撇除要付導遊費的不成文規定，這些旅行團實在是如假包換的零團費。那麼，不收團費的話他們如何賺錢呢？

老屈購物團

　　詭異的地方，就是在於旅行團的細節。除了跑景點、吃美食、進樂園玩之外，這些極低團費的旅遊團，通常都會加插一個項目，名為「XX 商場購物」。一些更為黑心的旅行社，甚至只會寫成「鑽

石鑑賞」或「藥廠參觀」等字眼，去掩飾購物環節的事實。當遊客們被帶到這些購物景點時，導遊就會安排商家代表與客人介紹他們自家的產品。首先，他們會以當店的奇珍異寶作為切入點，帶他們「觀賞」當地特色作為旅遊行程之一。當介紹完之後，就會開始推銷他們店內的產品，這才是旅程的重點。

一開始的時候，店員通常會「好聲好氣」，細心地介紹產品給旅客認識。如果是藥品類的話，通常都不乏捧場客。特別是由於參加旅行團的人多半是長者，對於有利於身體健康的產品多數不太抗拒。反之，如果是賣金器玉石的產品，由於較難推銷，店員多數就會軟硬兼施，在開頭非常有禮貌，到看見遊客不為所動時，就開始態度惡化，甚至恐嚇他們不買東西就不讓他們離開等。

此時候，遊客或者會以為導遊應該會出手協助，誰知通常導遊反而會加入店家，勸勉遊客們盡快完成購物後離開景點。一些比較過火的做法，是客人沒有消費到一定數額，就不會讓他們離開現場。假如購物團之後有安排其他行程的話，也會以取消後續行程作威脅，強逼遊客們消費。

　　可能你會好奇地問：遊客如果堅持不拿出錢包買東西，店家也不可能對客人做甚麼吧？是的，如果客人能夠齊心對抗的話，確實是可以不跌分毫地離開現場繼續旅程，而結果則會是「導遊呀珍」的故事──在車上遭指罵及惡意對待。而大部分時間中，當遊客遇上這些購物團，多數都會因為害怕生事，或者一家有大有小不能忍

受被店家疲勞轟炸而決定屈服。亦有些團友會考慮到旅程只到了中段，如果不滿足導遊的話其後行程可能會處處欠阻，而低頭順應導遊的要求購物。這種種因素環環扣起，就成為了購物團得以成功的原因。

收取回佣幫補旅費

　　為何要加入騙人的購物環節？正是因為這些鬥平的旅行團在價格戰中無利可圖，只能依賴與指定的商戶結盟，為他們帶來客人，當客人購物後向店家收取回佣以幫補旅費。如果想要避開這些騙案，同樣也是從基本的邏輯入手：為何有旅行團可以如此低價營運？甚至是免團費？而旅程中所提供的餐飲、住宿、觀光景點等是否又奢華得不合理？旅行當中有沒有詭異的行程？明明是三日兩夜觀光團，卻有參觀古老中藥廠或金器廠？當發現這些端倪時，就很容易能夠識破有問題的旅行團了。

　　請記著：不要因為旅行團的團費低就誤信自己找到了好優惠，世上並沒有免費午餐，參加出奇地便宜的旅行團，最終付出的可能是無謂的金錢或浪費時間，甚至是留在人生中一個不愉快的回憶，亦會令原本美好的地方或旅遊體驗從此變差。如果要參加旅行團，就謹慎地選擇，做個精明消費者吧！

CASE 4.2

旅行時不能放下戒心——常見旅行騙案逐個捉（上）

DO NOT ENTER

一般人在外出旅遊時都會帶著
愉快心情，對身邊事物都抱著
正面樂觀的態度，希望一趟旅程
玩得開開心心，為忙碌枯燥的生活
打打氣，讓無聊日子變得有趣味。
然而，過份鬆懈的結果，就是在
旅行期間招惹到不法之徒，

蒙受不必要的損失。本篇分為
上、下兩集,為大家介紹一些常
見的旅行騙案,讓大家特別要注
意,在遊玩時也不要放鬆,
保障自己的安全!

1. 霸王硬上弓的屈錢黨

　　強行「屈」遊客錢的方法,在多商店林立的遊客區最為常見。
一般旅遊人士到訪某地,通常都比較喜歡造訪當地最地道的市場、
街區等遊覽,感受一下當地人民風俗及真實生活。然而,這些地道
區域對於本地人固然是十分熟悉,卻是呃錢的黃金地。

　　例如是小食店。一些檔口會為客人提供免費試吃,讓未嘗過本
地美食的遊客嘗一下當地美食,借此作為宣傳,吸引他們買手信。不
過,當遊客試過之後,即使覺得味道不合心意,店主也會擺出一副「你
都已經試過了,不是還打算不買吧?」的姿態,利用遊客在外地願意
花錢,以及不想失禮自己國家的心態,軟硬兼施地脅迫遊客消費。

這種做法聽上來只不過是不良銷售吧？沒錯，只是要求遊客購物，他們還是可以 sayno 的。不過，當遊客被遊説進入店之後，通常不標價在產品上的店家就會因應情況胡亂即場定價，例如明明是一百元的餅乾禮盒，賣給遊客變成了五百元；千元一斤的海味，則變了千元一兩，差異大得誇張。這種騙錢的行為，就是看中了遊客對於當地產品及文化的不熟悉，所作出相應的價錢調控，以不法手段詐騙。而遊客已經進店並準備結帳時，當下的環境和氣氛就會使他們騎虎難下，被霸王硬上弓地強逼消費。

2. 誰說拍照免費！

街頭表演在世界各地都十分盛行，特別是歐美國家。街頭表演者的格式可能是魔術、花式、唱歌、跳舞、定格行為藝術、裝扮成電影角色和超級英雄等和路人拍照。一般人都會以為，這些街頭藝人是以「願者付費」的方式運作，即是客官看得開心高興，喜歡才付錢，並沒有強逼的成份。但是，不法之徒利用這種不成文規定的漏洞，向不少遊客下手，讓人蒙受損失！

特別是在美國星光大道扮演超級英雄的表演者。他們在鏡頭前面通常都是笑容滿面，並且擺出各種觀眾熟悉的英雄姿勢去和路人

合照。當路人拍過照片之後，他們就會立即衝上前，連同在旁邊埋伏的同黨，一起圍著該路人，聲稱拍照要收錢，這是他們的專業服務。這時候路人當然會被嚇壞，因為從來沒有人説過這些是強制付費的服務，一般遊客只會覺得是街頭的免費娛樂。而很多人因為不想旅行期間節外生枝，就會勉強付錢減低麻煩。

而這種行騙的盛行，令騙徒也越來越倡狂，不只是針對拿著鏡頭對著他們拍照的人下手，只要手上有相機／電話，騙徒都已經會直接上前惡指遊客有拍攝過他們，或者準備拍他們。再過份一點的，是街頭音樂人大聲唱歌，並將自己推出的唱片放於足前，如果有路人著足聽歌，或者表示對唱片有興趣，他們就會立即説路人已享受了音樂必須付錢。然而，聲音能傳千里，隨便路過的人都可能聽到，聽到就要付錢的話，又如何説得過去？

3. 魔法手繩

這種行騙手法在巴黎聖心堂特別出名。一般遊客在觀光途中，喜歡在特色景點中拍照，而騙徒潛伏在這些景點的附近，等待有遊客經過時，出奇不意地引他們的注意然後再下手。當騙徒接近遊客

時，他們會指手劃腳，不表明身份，讓遊客疏於防犯而不知道他們

的用意。然後，騙徒就開始拿出藏在手上的「魔法手繩」，以打繩

結的方式結在遊客的手上。

　　直到此時，一些戒心低的遊客仍然會覺得這是街頭表演的一種，被逗得樂透笑哈哈，並在打好了繩結之後要求騙徒拆下。然而，騙徒此時才表露真正目的：閣下請付錢讓我幫你解開繩結。這種繩結的結構複雜，一般人難以解開。而同時因為遊客的雙手被綁，行

動不便，也不利於與騙徒對抗糾纏。而如果遊客打算離開，立即就會有騙徒的同黨撲出，威脅不付錢就對他們不利。

那麼如果遊客有同行人士陪伴，自行剪斷魔法手繩呢？也不行，因為這樣做等於破壞別人私人財產，也會遭到騙徒的不良對待。所以，此時遊客唯一能夠做的，就是乖乖地在銀包拿錢付費，才能使得騙徒協助解開手繩。如果肯付錢的話，騙徒或許也會留下魔法手繩給遊客留念，或當為警惕。如果騙徒夠無恥的話，甚至會連手繩也一拼拿走，繼續用來作案！

不過，說到底，騙子畢竟是騙子，他們非黑幫也不會使用暴力，只會針對看上去較軟弱或者防範較低的人下手。只要各位夠意志堅定，或者比騙徒更惡的話，就算是身陷險境，也有機會能夠擺脫的。不過，當然還是奉勸各位朋友出外旅遊時，定必記住要小心留神，不要因為這些騙案而白白浪費可以用來 shopping 吃大餐的金錢，或浪費時間與騙徒交涉！

CASE 4.3

旅行時不能放下戒心——常見旅行騙案逐個捉（下）

DO NOT ENTER

上回講到的旅行騙案都是比較
普遍，相信有很多讀者都會
有聽說過。接下來的這篇，
將會再分享一些比較少見的，
但同時也是作者或身邊朋友
遇見過的，讓大家同樣也警惕，
不要容易上當。

1. 籌款黨出沒注意!

與魔法手繩同樣,通常較常出現在巴黎名勝景點,尤其是巴黎鐵塔下的草地拍攝勝地。趁著大家忙於拍照時或排隊買上鐵塔的門票時,會有一些人走近旅客(通常是女士),然後兜搭他們幫忙簽名。一般遊客會以為這些募簽人士是屬於籌款機構,或者有政治主張希望有人支持。由於語言不通,而且遊客一般警戒心較低,有些心地善良的人會不作查問而直接協助簽名,以為就此可以了結。

然後，騙徒就會窮追不捨地要求簽名者捐錢，說這是義務籌款活動，簽名支持的人等於願意付出金錢。這時候，有些遊客仍然會覺得反正一場來到，自己又真的簽了名，那倒不如付一點點錢，多一事不如少一事，總好過遇上麻煩，就此付錢作罷。當然，這些募簽名的人完全與慈善無關，只是一班騙徒集團藉著在遊客區「兜客」

來賺快錢而已。然而，當你以為自己好聰明，識破對方的騙局而堅決在簽名後不給錢的話，他們就有可能會找來同黨一起進攻，圍著你逼你拿出錢才能平息事件。即使你竭盡所能避開他們，騙徒的同黨甚至會在你不為意時從你身上偷錢！所以，避開這種騙局的最好方法，其實就是從一開始就不要裝好人，堅決拒絕簽名就最好。

2. 的士突然升價十倍

　　的士或其他種類的乘車方式，也是騙徒很好下手的方法之一。這種騙局尤其在東南亞國家，例如越南、泰國甚至香港本身都流行。這類騙案主要方法有兩種，第一，如果所乘的車輛是以計程方法計費，像香港的士的話，最簡單方法就是讓客人先上車，裝作友善的模樣然後在城市中來回兜圈提高車程價錢。由於旅客根本無法知道對方正在兜路，就不會知道自己被騙錢。而如果遊客當場使用 GPS 定位，指證的士司機兜路的話，較溫和的情況下他們或者會就此作罷，速速載乘客到目的地，甚至稍為調低價錢就算了。

　　另一種方式，是在客人上車前，就先跟他們議定好價錢，所謂「明碼實價」，司機表明載去哪目的地收費如何。有些手段較直接的騙子，會直接開一個天價讓客人決定要不要乘坐，畢竟是客人自己點頭贊成的，去到目的地後收費即使不合理，也總算跟開價的一樣，嚴格來說甚至不可算是「騙」。然而，一些司機卻會在上車時開一個低價吸引客人，在上車到達目的地之後，司機就會來一招坐地起價，將收費突然調高十倍，更死口不承認自己說過上車前所提及的低價。一些遊客礙於不想生事，或者希望以錢息事寧人，免除後患，遂直接付費了事，卻偏偏就中了騙局陷阱。

如果要避免受這種騙案時，最好在上車前先錄音讓雙方了解清楚事情始末，讓司機難以反口。然而，如果錄音過於剎有介事，不想讓大家上車前已經不歡而散的話，也可以在遇上這種奇怪情況下提出會報警解決。由於騙案刑罰比能夠賺到的錢多，一般而言這些騙徒就會立即放棄了。當然，為了不要讓自己在騙徒眼中成為待宰綿羊，出發前也應好好了解當地交通狀況和價錢啊！

3. 景點假票事件

同樣是作者聽過的真人真事，發生在埃及的金字塔，但其實在人多的景點大家也要小心。參觀金字塔前，遊客需要先買門票，才可以入內。金字塔的門票價錢大約是 $100 港元左右，已經可以買到一日遊的票，實際上是不錯的。話雖如此，但仍然有不法之徒在從中想出方法獲利。有些人會向在金字塔門準備入場買票的遊客下手，向他們兜售比官方門票便宜的「後門票」，並聲稱他們有另外能夠入金字塔的方法。

一些貪小便宜的遊客會誤信他們，並付錢買後門票。然而，這些騙子所謂的後門票完全沒有官方認證，他們所帶入的門路也不是正式的入門方法。當遊客入到金字塔之後，就好大機會遇到官方

人員，跟遊客說他們所走的路並不正確。當他們想告訴官方人員是從另一些金字塔工作人員中購入門票之時，真正的官方人員會告訴他們已經被騙。然而，官方人員絕不會流露半點同情心，不會讓遊客從其他方法進入塔內，或者讓他們以較低價錢買回正價門票。從他們對於遊客受騙的態度中，甚至會讓人有一種他們跟騙徒同流合污，一起騙財的感覺。尤其在這類發展中國家，這類型騙案更可說是司空見慣。

人在外地，可能遇上的騙局也會不同。各地方有不同的騙案，無論身處如何安全的地方，也要時刻提高警覺，不斷對自己說「世上沒有免費午餐」，不要隨便相信過份「抵玩」的事，便宜莫貪，自然就能避開大量可能發生在自己身上的潛在騙案，好好享受旅行。

CASE 4.4

Fyre Festival
世紀最強旅遊騙案

UNDER CONSTRUCTION

你有沒有想過,一個夢幻的旅行是怎樣的?
住超豪華別墅?晚晚超強陣容明星音樂派對?
瘋狂飲酒直到天亮?壯男美女相伴出遊,晚晚
玩通宵?在Fyre Festival音樂節出現之前,
這還是一個虛妄幻想,然而,在2017年,這個
夢想由美國天才企業家Billy McFarland
策劃並予以實現。而正當全世界的目光都聚焦
在這位美國帥哥身上時,Fyre音樂節最終卻
成為了本世紀的其中一大笑柄。

　　Billy 在發起 Fyre 音樂節前，早已利用社交式信用卡及預約藝人行程的應用程式 Magnises 打響了名堂，並在美國建立了相當大的人際網絡和社交圈子，而美國 Rapper Ja Rule 就是其中之一。二人在一次於巴哈馬的 Great Exuma 島上出遊時，忽發奇想，覺得「不如就在這個島上辦音樂會吧！」從而打開了整個音樂節的序幕。

既然要辦，就要辦到最大最豪華。Billy 決定，這個音樂會的一切都是要最頂尖的：要有最好的別墅級住宿、最高級的餐飲、全城最火辣的 model、全美國最有派頭的歌手和音樂人到場演出。Billy 不負眾望，請來美國知名歌手 Blink 182、Migos 和 Disclousure 等單位演出，並由網絡紅人、名模例如 Bella Hadid、Hailey Baldwin 和 Emily Ratajkowski 領銜拍攝宣傳片，讓整個活動看起來毫無破綻，並且讓人熱切期待。

一切源自虛榮心

由於陣容龐大而宣傳強勁，不少人特別是美國較富裕的年輕一輩，都被整個音樂節的氣氛和背後所代表的身份意義所迷住，紛紛表示想參加。當然，以這種級數的「享受」來說，使音樂節的門票也價值不菲，最便宜的一般門票由 $1,000 美元起，包機套票更盛惠 $13,000 美元。高昂的價錢不但無阻觀眾的熱情，門票更於 48 小時內全數沽清，將整個音樂節的期待值進一步推到高峰！

而已經購票的富家子弟和城中名人們，基於虛榮心以及搶到限

量門票的炫耀心態下，紛紛在社交媒體例如 Instagram 上分享喜悅，有些人更想藉著 Fyre 音樂節進行直播為自己推動人氣，足證整個音樂節的互動氣氛極高，而宣傳上的成功亦為整個活動團隊打下了一枝強心針。

4 月 27 日，音樂節正式開催，大眾購了票的樂迷紛紛出發到巴哈馬的會場，見證著這舉世無雙的音樂節。而真正的災難，卻在此時此刻正式開始。

當樂迷乘坐專車進入會場時，已經發現有不妥：一個個像風災過後的帳篷鋪滿在地上、還在塔建的音樂舞台、空空如也的啤酒櫃、用來乘載參加者行李的爛貨櫃、沒有燈的街道、流動廁所、原為「高級餐飲」的白麵包配芝士……這統統都成為了 Fyre Festival 國王音樂會所承諾了的現實！

原來，從開始這個音樂節都是徹徹底底的大騙局，主辦人 Billy 從來都沒有考慮過一切有關音樂節在行動上的困難：沒有足夠時間

塔建住宿地，餐飲供應以及賓客排泄的流動安排，飛機航班到場時的升降處理，更莫論在荒島上根本不可能容納如此龐大人數的安全問題。由開始直到活動當日，Billy 只抱著一個心態──「Fake it till you make it」，所謂船到橋頭自然直，並一直鼓勵團隊成員加油幹下去，卻只有他自己一個知道這根本是一個不可能的任務。

最大音樂詐騙案

而一眾樂迷到場之後當然是非常鼓噪並要求主辦單位退款。一些較早前能看出音樂節有問題的樂手則早就退出，沒有到場參與，而其他參加者則困在孤島上面捱餓，有人缺水，有人遺失行李，需要靠島上住民的協助才渡過了難關，主辦人 Billy 則早已逃之夭夭，而島上協助的工作人員及一切與主辦方合作的單位無一收到薪金。

事後，被美國政府起訴的 Billy 坦白向世界承認自己低估了活動所需要的資源，並為了錢而欺騙 Fyre Festival 的支持者及投資者，更承認有牽涉在偽造文書和詐騙等罪行中。這種種行徑，最終使 Billy 面臨 6 年的監獄生涯，而 Fyre Festival 亦成為世上最大的其中一個詐騙活動。

　　2017 年後，Fyre Festival 的文化影響仍然存在。美國線上電視供應商 Netflix 推出了以 Fyre Festival 為題的記錄片，記載了這次巨型騙局的經過。而心水清的網友為了嘲諷當年參加過 Fyre Festival 的富家子弟，在 4 月時都會再次在網上媒體中提起 Fyre Festival，笑稱他們差不多要再去本年度的音樂節了。而是次活動，也可比世上最大型的一次旅遊騙局，將人們一切對於最豪華而夢寐以求的音樂節美夢一下打破，更在無數人心目中留下了永不磨滅的陰影。

CHAPTER 5

CASE 5.1

「三大泡沫經濟」
之一──
荷蘭鬱金香狂熱

貴為荷蘭國花的鬱金香，有一段
鮮為人知的故事。在十七世紀中葉，
荷蘭的鬱金香曾經經歷過一段
「狂熱」時段，鬱金香價格在短時間內
大升大跌，甚至被稱為是世上最早
出現的泡沫經濟事件之一。
而在介紹整件事的來龍去脈之前，
不如先了解何謂泡沫經濟。

根據網上資料的定義，泡沫經濟的解釋是「資產價值大於實體經濟可以承受的程度，而引起極為容易失去持續性的宏觀經濟狀態」。如果用「人類語言」去解釋，即是市場上的炒賣氣氛過於高漲，而令實際價值不高的產品價格飛升，最終導致極為容易崩潰，而一旦崩潰則令整個市場陷入混亂的危險經濟狀況。而在1637年，荷蘭就因為鬱金香這種國花進入過「泡沫經濟」的狀態。

本來,在鬱金香價格炒熱之前,大約 1630 年前後,荷蘭人已經能培養出獨特品種的鬱金香,因其花色、花型的高貴典雅而深受當地貴族歡迎,成了炙手可熱的花產品。所謂荷蘭著名的「鬱金香狂熱」,其實並不是搶求鬱金香,而是他們的球莖,即某些品種的植物地下莖部因變種而形成肥大的部分。在本來已經非常受歡迎,而且產量不多的情況下,鬱金香本來就有很大的升值潛力,成為炒賣的熱貨。而引起鬱金香狂熱的,反而是因為鬱金香球莖的變種而種出的鬱金香,相比起一般的鬱金香更為難得,是超級稀有的品種。

鬱金香市場突變

由於這特殊變種鬱金香的產量是穩定地低,而需求卻非常高,為商人造就了莫大的炒賣機會。1634 年開始,在商人囤積貨物和組織鬱金香產業行會的情況下,控制了鬱金香球莖的供應,並且開始出現鬱金香球莖期貨,今年先買定下一年的鬱金香球莖。同時,由於當時的市場交易門檻低,訊息流通快,令鬱金香期貨能夠在短期內易手,輾轉之間價格大為提升,甚至引來海外買家進場加入交易圈。漸漸地,鬱金香期貨已經不再是喜歡花的人的專利,而有不少商人、投資者都當鬱金香是一個投機的機會,不斷炒高價格,慢慢造性泡沫經濟的局面。

　　價格有幾高？以 1637 年 1 月 2 日至 2 月 5 日這時段作為標準，花種 Admiraelde Man 價格由 17 荷盾升到 209 荷盾；Switsers 由 1 荷盾升到 30 荷盾；Witte Croonen 由 2.2 荷盾升到 57 荷盾等，全都至少升價十倍。然而，鬱金香始終有期，當投機者意識到鬱金香交貨時間將至，而失去炒賣價值時，他們就開始恐慌性拋售，使得本來非常珍貴而高價的鬱金香期貨像湧泉般急瀉，Admiraelde Man 價格由 209 荷盾跌至 0.1 荷盾；Switsers 由 30 荷盾跌至 0.05 荷盾；Witte Croonen 則由 57 荷盾跌至 0.2 荷盾，比起 1637 年初買入價還要低，花種的平均價只有 0.05-0.1 荷盾。

　　鬱金香價暴跌後，市場陷入一片蕭條，追債避債局面不斷，直至政府出手監管，才能夠將社會穩定下來。自此之後，衰落的是鬱金香投機市場，而興盛的卻是鬱金香花農在這段時間以來所培養的技術，和對鬱金香的認知。他們不斷改良鬱金香的種植技術，除了

產量，品種也漸趨多元化，並且逐漸深耕細作，令一般平民百姓都能夠種植得到。在這種良性的發展環境之下，鬱金香最終成為了荷蘭的國花，興盛至今天。

週期性產品易中招

而這件著名的「鬱金香狂熱」事件，也被定性為有記錄以來最早的泡沫經濟事件之一。在投機的世界當中，任何產品都可以成為投資對象，任何產品都有機會造就下一次鬱金香狂熱。作為精明投資者，在投放金錢指望回報同時，必須要有著心理準備，清楚知道自己財政能力是否能承受價格暴跌。更小心的做法，是仔細觀察投機產品是否真的能夠產生合理的回報，而非只能在短時間內刷新高價格的週期性產品。

講到尾，投機始終不是賺錢的正途，參與加入這種賭博之前，就理應先做好「損手爛腳」的心理準備。然而，人總是會重複犯錯，荷蘭人在近五百年前就曾經給予我們教訓了，不知道下一次「紅玫瑰狂熱」或「康乃馨狂熱」何時會來臨呢？而整個「鬱金香狂熱」事件，或許不應該被定性為一般騙局，而是作為主動貢獻金錢的投資者們的自我欺騙罷了。

CASE 5.2

「三大泡沫經濟」之二──密西西比公司泡沫事件

上回我們講到荷蘭著名的「鬱金香狂熱」泡沫經濟事件，今次要談的是法國有名的密西西比泡沫事件。密西西比事件與鬱金香狂熱的最大不同之處，在於前者多數發生於民間，是人民自行炒作的泡沫事件。

而密西西比事件則有部分，甚至全部，
由政府力量干預。而這一股能夠改變
一整個國家的金融體系及生態，
甚至將18世紀強大的法國由富強國家
弄成一貧如洗的，原來就是這位名叫
John Law，約翰·勞的人。

　　故事由法國皇帝路易十四説起。太陽王路易十四在世人眼中
的評價極端，不少評論認為他好大喜功，在任內發動過不少大形
戰爭，例如法荷戰爭和西班牙戰爭等，導致晚年時候法國財正壓
力與日俱爭，人民生活困苦。法國在這水深火熱的情況之下，出現
了一位「救世主」—— 約翰·勞。

　　約翰是法國經典的經濟學家，自幼數學能力超班，對於金融、
經濟有獨特的見解，尤其是他的貨幣理論，甚至為法國日後的經濟
政策作出重要貢獻。當法國國王路易十四駕崩後，年幼的路易十五
在五歲時即位，並由叔父奧爾良公爵攝政。攝政王的第一個任務，
就是希望改善社會的經濟，帶領法國走出財政危機。

奧爾良公爵一開始所使用的兩大招數，先是重新鑄造金銀比例較低的貨幣，並同時將貨幣貶值 20%，期望為政府增加收入，卻同時讓商業市場出現大亂，貨幣貶值而物價上漲，弄巧反拙。第二招，他嚴查貪腐官員，並且鼓勵民眾舉報貪腐行為，舉報者可獲 10% 的貪污財產。此舉立即引來大量官員恐慌，然而，他們的才智比一般民眾高，很快就想到方法要隱瞞財產以及阻撓市民舉報。而官員大花精神對抗反貪，同樣減慢了政府效率，最終同樣是失敗收場。

建立良好經濟體位

苦無對策的奧爾良公爵在此時遇上了約翰・勞，他的貨幣理論深得奧爾良公爵的信任，更大膽地將法國的經濟命運交予到他手上。他的每一招都是透過政府的力量去壟斷國家經濟，控制權在政府之手，自然能夠更自由影響整個經濟。在法國政府特許的情況下，約翰在 1716 年建立了法國一家私人銀行──Bangue Genarale 通用銀行，用以發行紙幣（貨幣券），以國家黃金儲備和土地作本位，以穩定幣值以及解決金銀幣由政府操控引致幣值不穩的問題，並同時加速了市場貨品流通，刺激經濟活動。

　　貨幣券的發行非常成功，其價值已在短短一年之間攀升了
15%，大大提高民眾對其信心，更協助了奧爾良公爵穩定社會，約
翰本人的地位和聲望亦節節上升。接下來 1717 年末開始，約翰開
始從對外貿易中入手，到處成立公司，包括「西方公司」、「塞內
加爾公司」、合拼東印度公司和中國公司，成為「印度公司」，更
成立了著名的「密西西比公司」，象徵著約翰在位於北美密西西比
河流域的路易斯安那洲取得外貿壟斷權。由此，約翰所成立的公司
壟斷了各種法國與其他國家的對外貿易。

發行紙幣、壟斷貿易並帶領法國走出經濟不景氣等成功另約翰在法國成為當紅人物，其公司也非常受民眾注目。就在此時，約翰決定大量發行股票，無論是密西西比公司、印度公司等，都曾經以每股面值約 500 至 1000 里弗的價錢發行逾十萬股，而每次都遭搶購一空，並且持續上升，造成無法挽救的泡沫經濟現象。

陷入經濟大恐慌

所謂「人人發達」的神話背後，是理所當然的通貨膨脹現象。
法國人民在沉醉於發達夢想的同時，卻不知道法國的黃金儲備早已
無法支撐人民手上所持的股票市值。有先見之明的人早已在高位拋
售股份換回黃金，而一般大眾卻開始受到通脹影響。為了穩定股票

價位，約翰勒令將股票價格固定在 9,000 里弗，卻無法阻止通貨膨脹的事實，民眾情緒開始不穩，而約翰在無法支撐的情況之下進一步帳股票價格由 9,000 里弗降至 5,000 里弗。

此舉令民眾大為恐慌，紛紛拋售手上持有的股票，可惜一切都已經太遲，密西西比公司、印度公司等股票市值如雪崩式傾瀉，所發行的股票也變得一文不值，而法國政府也出手回收約翰旗下公司的各種特許經營權。在沒有政府繼續支持之下，約翰在一夜之間由

法國人的英雄變成了公敵，也親手粉碎了整個法國的經濟夢想，讓國家再次陷入經濟大恐慌之中。

最終，約翰在奧爾良公爵的保護之下離開了法國前往意大利威尼斯，昔日的風光不再。而他的所作所為亦對法國的銀行體系造成嚴重打擊，人民對於銀行的信心在及後一個世紀都未能完全恢復，亦是與密西西比泡沫事件有關。最後，約翰沒有得到善終，他在威尼斯客死異鄉，只有在現代的歷史評價中，才獲得一定程度的平反。

雖然約翰未必能夠稱得上是騙子，因為他只是運用自己深信不疑的經濟理論嘗試帶領法國走出困境。然而，理論實行上的錯誤、勝利沖昏了頭腦，都令他墮入美妙而夢幻的騙局之中。難怪後代有不少名人，例如馬克思、馬歇爾等都對約翰有著「天才」的評價。

CASE 5.3
「三大泡沫經濟」之三──南海泡沫事件

第三大史上有名的「泡沫經濟」事件，是發生在英國的「南海泡沫事件」。南海泡沫事件的性質和密西西比事件較為相似，都是以「拯救社會」作為出發點而發生的泡沫經濟事件，最終同樣導致很多人傾家蕩產、家破人亡。

所謂「南海泡沫」，最初是由一間名為「南海公司」（South Sea Company）的企業開始。記得在上篇密西西比泡沫事件中提過，由約翰·勞所成立的公司在政府的幫助下壟斷了法國與歐洲各國的交易，使對外貿收入能夠掌握在政府之中。南海公司的成立也是有類似的歷史。英國人愛德華·哈利向國家提出一個構思，就是由政府下放權力，讓某些企業壟斷了某地區的交易，而政府所需要做的就只是向這些公司從中收取利潤。

時任財長羅伯特·哈利（即愛德華的兄長）接納了此意見，促成了南海公司於 1711 年成立，並壟斷了英國對南美洲及太平洋群島地區的貿易。由於這兩地對於英國貿易來說有著非常重要及巨大商機的緣故，英國政府對南海公司寄予厚望，而南海公司的富商老闆們亦沒有令政府失望，在有政府助力底下不斷發展。

「三贏」局面？

到 1713 年，西班牙王位繼承戰結束，英國和西班牙簽訂《烏得勒支和約》，南海公司的勢力更進一步提升，並壟斷了英國對西班牙美洲地區的外貿專營權。1717 年，法國密西西比公司向政府提出以股票換國債的計劃，藉此為國家進行融資的事情傳到了英國

人耳中。南海公司雖然對計劃存疑，並覺得必然會失敗，但仍然覺

得這種做法非常有趣而且具相當參考價值。直到 1719 年尾，當時

發展健康而前境明朗的南海公司向英國政府提出名為「南海計劃」

的大型換股計劃。

　　南海公司在一開始時希望購買所有國債，但卻因為遇上英格蘭

銀行、東印度公司等強大對手的阻力，繼而防棄了這種打算。其後，
南海公司改為提出購入市場上總值 3,160 萬英鎊的可贖回政府債券
及定期債券。在這個對政府來說非常吸引，而對南海公司的發展非
常關鍵的方案提出之時，早在南海公司取得西班牙獨家貿易權時而
對其虎視耽耽的英格蘭銀行提出了同樣的購買國債方案，試圖在塵
埃落定之前阻止南海公司。

南海公司為了取得政府的這一大筆生意,決定與英格蘭銀行鬥過你死我活,在方案細節中不斷進逼,例如是調高公司向政府無條件的支付金額,承諾在 1727 年夏天後調低國債利率等,甚至大灑金錢向議員及政府要員行賄,誓要拿到這樁生意。

成功取得這樁生意之後,南海計劃可說是帶來了「三贏」局面:南海公司大筆地換取債券令政府的財務壓力得以舒緩,更額外無條件獲得 760 萬鎊的收入;對南海公司來說,與政府做生意能夠大大提升其股票價值及市場對公司的信心,亦變相手持了回報穩定的國債;而國債持有人,即黎民伯姓亦可享受高利率的國債息回報。

陷入瘋狂的投機世界

然而,整個南海計劃像美夢一場,卻鮮有人知道南海公司在推銷計劃時為自己和整個經濟埋下了一個極大的炸彈。南海公司訛稱他們能夠在南美洲的交易中賺得極大利潤,並且因為與政府做生意而令市民大眾深信他們的實力。而事實卻是,南海公司在西班牙的規定下,一年只可以派三首船隻到南美進行貿易,而英國及西班牙在 1718 年交惡,更引致貿易困難,這些都是南海公司對外隻字不提的事實。

　　而在換債行動開始之後，社會上下都對於南海公司的股票瘋狂追捧，使得股價不斷上漲至失控地步。很多社會專業人士，例如醫生、律師等都紛紛放棄了正職，改為加入全民瘋狂的投機世界，希望賺過盆滿缽滿。隨著南海公司的成功，數以百計的股份公司相繼成立，為的就是彷效南海公司的吸金模式，不斷吹捧自己公司業務，發佈虛價消息及謊言，例如聲稱公司正在研發「永動不息」的車輪，甚至只說公司在做「有無限潛力的生意」。在社會的投機氣氛驅使之下，民眾連這些荒誕的說話都信以為真而瘋狂投資。

這些「泡沫公司」的出現，令英國政府不得不作出一些行動。在 1720 年 6 月，別名為《泡沫法案》的《1719 年皇家交易所及倫敦保險公司法案》通過，取締了大量泡沫公司，並規定泡沫公司必須要有皇家特許權才得以繼續經營。此後，社會大眾開始了解自己對於泡沫公司及其股票的盲目追捧，並開始紛紛賣股離場，連帶南海公司的股票亦受到牽連，股價一落千丈。短短半年間，股價由高於 1,000 英鎊跌至 12 月的 145 鎊。

泡沫爆破一夜變窮

如同所有泡沫經濟爆破的結局一樣，手持南海公司或其他股份

公司股票的人在一夜之間由富人變成窮人，財富盡輸，投入的金錢血本無歸。不少上流社會人士甚至為了避債而逃到國外。南海公司就此事被政府調查，除了牽涉到發佈虛假消息之外，亦因為貪污舞弊而面臨被清算的危機。雖然在泡沫爆破之後，公司未有倒閉，但其資產以及發展進程已大不如前，當初從西班牙手上得來的貿易優惠亦一步步被削減。公司所剩餘的股票一直到 1853 年終獲全部贖回或換回國債，南海公司正式成為過去。

南海泡沫事件一事之後，國家人民對於銀行及政府的信心大為動搖，而當初控制著英格蘭銀行的輝格黨（Whig Party）黨代表羅伯特、沃波爾卻因為事件收拾殘局而聲勢大振，甚至成為日後英國的重要政府人物。南海的貪污事件被公開之後，亦促成了會計、核數業的興起，以對抗企業及股份公司舞弊的問題。

泡沫經濟橫跨國家、時代，是一種反映人性貪婪和盲目的最好例證。難怪在南海事件中也有失算而輸錢的著名物理學家牛頓也曾嘆道：「我能準確計算天體運行，卻無法預測人類的瘋狂。」（I can calculate the motions of heavenly bodies, but not the madness of people.）

CASE 5.4

下一個潛在 經濟泡沫—— 虛擬貨幣

ATTENTION

虛擬貨幣是現在炙手可熱的話題，

有人深信是最公平的交易貨幣，

甚至將取代實體貨幣；亦有人認為

虛擬貨幣是下一場泡沫經濟的

開端。到底誰是誰非？看過上面

三篇泡沫經濟的文章之後，

你對虛擬貨幣或者會有全新想法。

首先我們可以了解一下何謂「虛擬貨幣」。顧名思義，就是指存在於虛擬世界中，針對特別社群的交易貨幣。虛擬貨幣的角色除了是交易的媒介之外，也有著記帳單位的作用。最簡單的理解就是遊戲之中的交易貨幣，可以讓玩家們交易道具、武器等。虛擬貨幣早在線上遊戲年代出現，何以在今時今日會備受各界注目，甚至成為政府想出手監管的貨幣之一？那就要談到虛擬貨幣中的熱話：比特幣（Bitcoin）。

比特幣是一種以點對點方式，以 Blockchain 作為基層技術的加密貨幣。比特幣的特色在於有數量限制，最多只會有 2100 萬個，從而避免了通貨膨脹的問題。而基於比特幣是用電腦運算進行挖掘的緣故，所有人都能夠參加比特幣的開採過程。比特幣能夠被加密，並且在不需經由銀行、證券商等單位來直接支付及轉帳給他人，減省了大量手續費、交易費等。由於比特幣的定位獨特，性質也比起一般貨幣複雜，一些政府將其視為商品而非貨幣，而比特幣所引起的法律問題亦是各國關注的課題之一。

另一個龐氏騙局？

本篇想探討的並非比特幣的邏輯或者深入的科技問題，對這方

面有興趣了解的讀者不妨參考比特幣的專門書籍或文件。反而,比特幣所引起的一連串後續發展,尤其在於騙案或泡沫經濟層面的,是本篇更關心的。

在比特幣所使用的 blockchain 技術越來越成熟的情況下,不少大型企業,例如 Expedia 智遊網、Microsoft 微軟、Subway 等都開始在個別地區接受以比特幣作付款方式。由於比特幣數量有限,並且受到一些大企業的支持而能夠作現實交易之中,使得比特彼的流通情況及價值大大提升。由一推出之初,以 10,000 幣換一塊價值 $25 美元的低價(比特幣有記錄以來第一宗交易),一直升到 2017 年最高位的每顆價值接近 $20,000 美元,比特幣可說是傳奇式地發展,而中間發生過的價格暴瀉和回升,都同樣充滿著泡沫經濟的味道。

基於比特幣的市場越來越難讓平民百姓進入,市場上漸漸出現了炒賣的風氣,亦有不少公司推出與比特幣相似的虛擬貨幣,至今已有超過一千三百多種虛擬貨幣,亦有不少騙子針對這些機會進行詐騙。最初,比特幣被一些人定性為龐氏騙局,因為上一手用現實貨幣購買比特幣的人需要游說下線付出更高金錢才能取回當

初投入在比特幣的資金，有像金字塔式下銷的特性。但因為比特幣一方從來沒有承諾過貨幣能夠帶來高回報，龐氏騙局的論調則一直備受爭議。

集資騙局應運而生

而更加切實地發展的，是虛擬貨幣所衍生的集資騙局。香港著名的虛擬貨幣集資的疑似騙局，是在近年發生的「幣少爺事件」。幣少爺原名黃鉦傑，他自己聲稱透過炒賣比特幣致富，在電視節目上炫耀其豪宅及跑車，在網絡界聲名大噪。在「希望盡公民責任，教育他人投資虛擬貨幣」的前提之下，幣少爺向外界推銷一種聲稱能掘出當時還未上線的加密貨幣「Filecoin」的「礦機」（即電腦）。不少年輕人抱著賺大錢的心態信以為真，每人

向他買入數台價值 $25,000 港幣的礦機,讓幣少爺極速致富,短時間內已經得到超過二千萬收入。最終,Filecoin 未能如期上線,幣少爺亦因被捲入詐騙風波,讓虛擬貨幣的可信性再受質疑。

另一邊廂,接受以比特幣或其他虛擬貨幣在現實生活上進行交易的公司越來越多,遍及航空公司、遊戲公司、電子產品零售公司、電腦公司等,亦讓比特幣越來越通行,更多人對其增加信心並投資其中。

在騙案與泛用性都雙雙提升的情況下,虛擬貨幣的發展越來越像泡沫經濟:虛擬貨幣的價值像當年荷蘭的鬱金香、密西西比公司及南海公司的股票一樣,人人活在炒賣狂熱之中,現實世界的使用為其賦予實際價值,卻沒有人能夠肯定地說虛擬貨幣會否有一日爆煲。現在看歷史上的三大經濟泡沫事件,我們或許會慨嘆為何明知具投資風險,人們還要繼續瘋狂和盲目。現在,比特幣和其他虛擬貨幣卻像在重演一次歷史,但不同的,是人們卻對其投以信任及寄予厚望的態度,想像成一種致富工具。到底虛擬貨幣是否下一個經濟泡沫?還是將會開創全新的貨幣交易系統,帶領世界進入全面無現金交易的社會?似乎還是要時間給我們一個答案。

火柴頭工作室
MATCH MEDIA Ltd.

匯聚光芒，燃點夢想！

《世紀騙局》

系　　　列：生活百科

作　　　者：池中無魚

出 版 人：Raymond

責任編輯：歐陽有男

封面設計：Kris

內文設計：Brendan

出　　　版：火柴頭工作室有限公司 Match Media Ltd.

電　　　郵：info@matchmediahk.com

發　　　行：泛華發行代理有限公司

　　　　　　九龍將軍澳工業邨駿昌街7號 2 樓

承　　　印：新藝域印刷製作有限公司

　　　　　　香港柴灣吉勝街45號勝景工業大廈4字樓Ａ室

出版日期：2022年5月初版

定　　　價：HK$108、NT$540

國際書號：978-988-75826-0-1

建議上架：生活百科

火柴頭工作室
MATCH MEDIA Ltd.